ÉLÉGIES
VENDÉENNES.

DE L'IMPRIMERIE DE FIRMIN DIDOT,

PÈRE ET FILS, IMPRIMEURS DU ROI, DE L'INSTITUT ET DE LA MARINE, RUE JACOB, N° 24.

OUVRAGE DU MÊME AUTEUR.

Les PSAUMES, traduits en vers français; nouvelle édition, revue, corrigée et augmentée de plusieurs cantiques; 2 vol. in-18 : prix, 4 fr. ; à Paris, chez ADRIEN LECLÈRE, quai des Augustins, n° 35.

ÉLÉGIES VENDÉENNES,

DÉDIÉES

A MADAME LA MARQUISE

DE LAROCHEJAQUELIN,

PAR M. SAPINAUD DE BOISHUGUET,

CHEVALIER DE SAINT-LOUIS.

A PARIS,

CHEZ ADRIEN LECLERC, IMPRIM.-LIB.,

QUAI DES AUGUSTINS, N° 35.

1820.

A Madame la Marquise

de Larochejaquelin.

Madame,

C'est à vous que je dois naturellement adresser ces Elégies, où j'ai tâché de retracer les exploits des héros de la Vendée. J'ignorais, lorsque je m'en occupai, que vous dussiez écrire les mémoires touchants sur lesquels j'ai corrigé mon ouvrage. J'ose le publier à l'ombre de votre nom, dans l'espoir que les glorieux souvenirs qu'il rappelle m'attireront l'indulgence. Si on ne loue pas mes vers, on m'approuvera du moins de m'unir aux tributs de louanges et d'amour que toute la Vendée s'empresse de vous offrir.

Veuillez recevoir l'hommage du profond respect avec lequel je suis,

Madame la Marquise,

Votre très-humble et très-obéissant Serviteur,

De Sapinaud-Deboishuguet.

AVERTISSEMENT.

La plupart des peuples anciens, ceux même qui n'avaient pas l'usage des Lettres, célébraient par des odes ou des élégies les faits illustres qui les avaient honorés. L'héroïsme, dès le berceau de la société, fit naître la poésie ; et la poésie conserva dans les cœurs le feu sacré des plus nobles vertus. Les Lacédémoniens, aux chants enflammés de Tyrtée, volaient dans les combats. Aux tendres et sublimes accents des Messéniens, les fils des exilés de Messènes, répandaient des larmes de douleur et brûlaient du desir de venger leurs ancêtres. Mais, si l'enthousiasme né de l'amour de la patrie uni à la valeur a donné naissance à la poésie, quel spectacle peut mieux l'exciter que celui d'un peuple entier préférant la mort à la servitude? Peuple fidèle et généreux, qui, sans autre force que son courage, sans autre appui que la justice de sa cause, par un accord unanime vole sous l'enseigne des lys venger le sang de son roi, l'outrage fait à ses autels, et l'asservissement de la commune patrie. C'est dans les combats qu'il va conquérir ses armes; dans les villes fortes, son artillerie; une croix sur son habit, rempli de confiance en celui qui la porta pour sauver le monde, il s'élance sur des bataillons invincibles, les désarme, les disperse, et revient dans ses temples rustiques rendre gloire au Dieu des armées. Six mois entiers il triomphe de troupes trois fois plus nombreuses que les siennes, et arrête long-temps aux frontières le déluge de trois cent mille hommes. Forcé de céder au nombre et de passer la Loire, ses succès éclatants jusqu'à Grandville lui attirent l'hommage de tous les peuples; et, dans sa longue et périlleuse retraite, sa résignation et son courage le rendent plus étonnant encore. Victime de tous les fléaux, réduit à quelques braves qui regagnent la terre natale, il se relève du sein de ses ruines; il renouvelle ses prodiges et ses sacrifices; devient aussi funeste aux régicides que le furent Annibal et Mithridate aux Romains.

Voilà ce qu'a accompli la Vendée par sa docilité aux commandements divins, par sa fidélité aux mœurs de ses pères, et son amour sans bornes pour le roi. Ces vertueux Français crurent que savoir combattre en héros et mourir en chrétiens, était le seul moyen de rendre la paix à leur patrie, et d'acquérir une gloire immortelle; non celle que les hommes promettent, mais celle que Dieu donne; toute autre récompense eût été indigne de leurs nobles travaux.

C'est l'attendrissement que produit un si rare dévouement; c'est la vue des ruines où reposent les cendres de mes amis et de mes parents qui, dès la fin de la première guerre, m'inspira ces élégies. Je les ai corrigées après une lecture attentive des ouvrages de M. de Beauchamp, de madame de Larochejaquelin, de M. de Châteaubriand; ouvrages justement admirés, mais où quelques Vendéens remarquables sont oubliés; MM. de la Verrie et François Soyer sont de ce nombre: ce dernier a assisté à toutes les batailles; il n'en est aucune où il n'ait laissé sur son ennemi l'impression de l'épée vendéenne. Ce n'est qu'avec crainte que j'ose offrir ce tribut d'amour et d'admiration à la noble contrée où j'ai puisé la vie: j'ai cédé au desir d'adoucir ma douleur en exprimant mes regrets; il m'en reste cependant un bien pénible, celui de n'avoir pu nommer tous les braves. Mais quel livre pourrait retracer leurs noms et leurs exploits? Dans toutes les guerres de la Vendée, et dans la dernière encore où sont péris au champ d'honneur les Larochejaquelin (*), les Cambourg, les Charette, les Dureau; où les Larochejaquelin, les Canuel, les Dudoré, les Landemont père et fils, les Gaseau, les

(*) M. Louis de Larochejaquelin avait épousé la fille de M. Donissant, veuve de M. de Lescure. Il commandait pendant l'interrègne les armées royalistes.

Sa mort glorieuse dans le combat donné le 3 juin, près de Saint-Jean Dumont, ravit la victoire aux royalistes. Elle fut tellement disputée que le général Estève s'écria au plus fort du danger: Soldats, la baïonnette, ou nous sommes perdus.

Boutières, ont marché sur les traces des Bonchamp et des d'Elbée, la gloire a brillé sur la chaumière du pauvre comme sur la demeure du riche. Là, tous les cœurs sont autant de temples consacrés à la cause de Dieu et à celle du roi, qui le représente.

Si le public daigne accueillir avec indulgence ces élégies, je devrai cet avantage à M. Bigault d'Harcourt, mon ami, auteur de l'excellent ouvrage intitulé : *De la manière d'enseigner les Humanités, d'après les autorités les plus graves.* Je lui lus ces stances élégiaques, il y a plus de dix-huit ans; il en parut attendri, et eut la bonté de les louer. Revenu à Paris pour ma seconde édition du Psautier, que j'ai traduit en vers, je les ai montrées de nouveau à M. Bigault, qui m'a déterminé à les publier. Mais j'ai voulu, avant de les mettre au jour, demander les conseils de M. Castel. Il a revu et examiné mon ouvrage avec le zèle de l'amitié et le goût si distingué qui caractérise son talent, et que sa modestie peut seule égaler. Ce vers de Gray lui convient parfaitement :

> Large was his bounty and his soul sincere.
> Grande était sa bonté, son cœur tendre et sincère.

Je ne me rappelle jamais ses soins et son amitié pour moi, sans m'appliquer cet autre vers du même auteur ;

> He gain'd from heawn, 't was all he wish'd, a friend.
> Il eut du ciel le don le plus rare, un ami.

ÉLÉGIE I.

1.

Cher Castel, des Français la bruyante allégresse (*),
Après nos longs revers me surprend et me blesse;
Je sens se réveiller mes chagrins assoupis :
Le passé vient rouvrir la source de mes larmes;
Le présent est sans charmes,
Et le triste avenir sans espoir pour les lys.

2.

Ah ! comment oublier ces longs jours de souffrance,
Ces jours où la vertu, la grace, l'innocence,
Gémissaient dans les fers, sans espoir, sans secours;
Lorsque l'on vit tomber du trône dans les chaînes
Et les rois et les reines,
Et ces fronts couronnés s'éclipser pour toujours.

3.

Aimable Élisabeth ! modèle de courage,
Tu brillais près des lys même en ces jours d'orage,
Comme à l'aube du jour l'étoile du matin ;
Un jeune et faible enfant, en butte à la tempête,
Sur toi posait sa tête,
Et tomba comme toi victime du destin!

(*) J'écrivais ces vers quelques jours avant le 18 fructidor.

4.

Les charmes innocents, la majesté, la grace
Du noble rejeton de la plus noble race
Que jamais éclaira le céleste flambeau,
Rien ne les a fléchis : j'ai vu son long martyre ;
Le plus lâche délire
A travers les douleurs l'a conduit au tombeau !

5.

De toutes les vertus la douce et noble image,
Cet ange à qui la terre et le ciel rend hommage,
La fille d'Antoinette eût péri dans sa fleur ;
Mais l'éternel appui des affligés qu'il aime,
La délivrant lui-même,
Au neveu de Louis confia son bonheur.

6.

O trône de Louis ! ô sceptre tutélaire !
Huit siècles vous ont vu l'ornement de la terre ;
Tout prospérait sous vous, quand un glaive assassin...
Recours du malheureux, mon triste et doux partage,
O pleurs ! calmez l'orage
Que ces sombres pensers soulèvent dans mon sein.

7.

C'est alors que l'on vit trois fidèles provinces
Se lever pour leur Dieu, leur patrie et leurs princes.
Nous voulions arracher la France à ses tyrans :
Le glaive moissonna ces peuples magnanimes ;
Mais de l'honneur victimes,
L'honneur conservera leurs exploits éclatants.

8.

O vous ! qui descendiez des demeures célestes
Pour diriger les pas de ces guerriers modestes,
Et des champs de la mort les conduisiez au ciel,
Anges, inspirez-moi ! révélez à ma lyre
Des accords où respire
Leur vertu, leur valeur, leur triomphe éternel !

9.

Le premier au combat Cathelineau s'avance,
Le premier il reçoit le prix de la vaillance,
Il vengea le premier, Dieu, l'honneur et son roi :
Il brave des tyrans la fureur meurtrière :
Et d'une humble chaumière
Sort l'appui glorieux du trône et de la foi.

10.

La Vendée à son dieu d'âge en âge fidèle,
Pour la cause du ciel court signaler son zèle,
Et jure de mourir ou de venger les lys.
A ses ardents transports tout cède, tout succombe,
Chollet, Machecoul tombe,
Thouars se voit en proie, et Fontenay conquis.

11.

Là, Lescure (1) et Henri (2), dignes d'être à leur tête,
De vingt bouches d'airain affrontant la tempête,
A la mort ont ravi cinq mille Vendéens :
Des chefs et des soldats d'une armée insolente
La dépouille opulente,
Les armes, les canons, tombent entre leurs mains.

12.

Ils volent vers le temple où leur reconnaissance
Exalte avec transport la céleste puissance
Par qui l'armée obtient ce glorieux succès.
Trop heureux si, versé pour le dieu qu'elle adore,
Leur sang faisait éclore
Sur la terre des Francs l'olive de la paix!

13.

Enfin Cathelineau par l'armée elle-même
De ces pieux guerriers est nommé chef suprême:
Il commande aux d'Elbée, aux Lyrot, aux Bonchamp;
Talmond marche sous lui, Donissant l'accompagne;
Le Poitou, la Bretagne
Suit pour les seconder et Charette et Royrand.

14.

Bords qu'arrose en son cours et la Sèvre et la Loire,
Où leur sang féconda les palmes de la gloire,
C'est à vous qu'il convient de chanter leurs hauts faits:
Et vous, Saumur, Angers, qu'au milieu du carnage,
Épargna leur courage,
A vos enfants du moins rappelez leurs bienfaits.

15.

Moins forts sont les lions, les aigles moins rapides:
Brave Cathelineau, les guerriers que tu guides
Dans Nantes, en vainqueurs, s'élançaient avec toi;
Quand la foudre soudain arrêta ta vaillance.
O ma patrie! ô France!
Pleure sur le héros qui t'eût rendu ton roi.

16.

Que la gloire souvent s'achète par des larmes!
Que souvent le trépas suit les plus beaux faits d'armes!
O pieux Sapinaud, vainqueur de Saint-Vincent (3),
Le vieux preux loue encor aux champs des Guérinières
Tes actions guerrières,
Et pleure au Pont-Charon sur ton trépas sanglant.

17.

Dans la Vendée en deuil une horde abhorrée
Vole de crime en crime, et de sang altérée,
Frappe la jeune épouse et ses fils innocents;
Ensemble on les égorge au bruit d'horribles fêtes:
Ainsi dans les tempêtes
Périt un jeune arbuste avec ses fruits naissants.

18.

Mais jusqu'au ciel monta le cri de l'innocence:
A l'illustre Bonchamp Dieu remet sa vengeance;
Le héros s'est montré, les meurtriers ont fui.
L'étendard de la croix flotte devant ses armes:
Calme dans les alarmes,
Ce guerrier sur Dieu seul a fondé son appui.

19.

Au Dieu qui protégea ses enfants, ses chaumières,
Le peuple, ami du trône, adressant ses prières,
Un bâton à la main, sur le cœur une croix,
Vole affronter la foudre et les fers homicides
D'hommes, de sang avides,
Les disperse, et revient armé par ses exploits.

20.

Des louanges de Dieu retentit la contrée,
La bannière sans tache au temple est arborée.
La faucille succède au glaive des vainqueurs.
Chargés des blonds épis qui dorent la campagne,
Le guerrier, sa compagne,
Jouissent un moment du prix de leurs labeurs (4).

21.

Mais qui trouble ces jours de joie et d'innocence?
Un ministre des rois a-t-il pu dans Mayence
Accepter le traité des assassins d'un roi?
L'heure des dangers sonne; ô peuple des chaumières,
Viens fermer tes frontières
A cent mille soldats accourus contre toi.

22.

Déja la mort conduit au fond des noirs abymes
Ce corps qui n'a jamais fait grace à ses victimes,
Et que, dans Chantonnay (5), foudroya d'Autichamps:
Royrand (6), digne héritier des vertus du vieil âge,
Seconde son courage,
Et de nouveaux lauriers pare ses cheveux blancs.

23.

Ces nombreux bataillons, dirigés par Santerre,
Qui devaient dans le sang éteindre cette guerre,
Sous ton glaive, ô Piron (7), seraient-ils disparus?
De toutes parts j'entends célébrer ta vaillance,
Et dire en ta présence:
Gloire au libérateur! lui seul les a vaincus.

24.

O jeunes Vendéens ! volez sous vos bannières,
Et vous, chefs valeureux, Chevigné, Sorinières,
Saint-André, Duchaffaud, Stofflet, Maignan, Duhoux,
Sur les chefs ennemis détournez les tempêtes ;
Que les dernières têtes
De l'hydre régicide expirent sous vos coups.

25.

Cependant vers Torfou, comme un vaste incendie,
Marchait, la torche en main, une armée en furie ;
Lescure la combat : Bonchamp, avec ardeur,
Vole se réunir à d'Elbée, à Charette,
Et force à la retraite
L'ennemi qui déja se proclamait vainqueur.

26.

De ces fiers Mayençais la force menaçante
Dans Montaigu, Clisson, est rendue impuissante,
Vaincue et dispersée au champ de Saint-Fulgent :
En tous lieux cependant la fidèle Vendée,
D'ennemis inondée,
Les voit sur ses confins fondre comme un torrent.

27.

Et la flamme et le fer, dévastant la campagne,
Dans Châtillon, Montreuil, les Aubiers, et Mortagne,
Retraçaient aux vivants le séjour des enfers ;
Mais l'aspect de Bonchamp fait cesser l'incendie,
Et la Vendée oublie,
En voyant son héros, sa perte et ses revers.

28.

Aux champs de la Tremblaye, honorés par Lescure,
Déja les Mayençais (8) expiaient leur parjure,
Lorsque tomba blessé ce héros valeureux ;
Sa troupe est consternée : Henri, Bonchamp, d'Elbée,
De ce preux Machabée
Accourent seconder les desseins généreux.

29.

Ils marchent vers Chollet ; trois fois s'y renouvelle
L'ennemi qu'on oppose à leur troupe fidèle ;
Et trois fois l'ennemi fuit devant ces guerriers ;
Blessé, couvert de sang, Bonchamp, par sa présence,
Enflamme leur vaillance,
Et de la gloire encor leur trace les sentiers.

30.

Mais Kléber les atteint ; le combat se rengage ;
Par le sang de leurs chefs animés au carnage,
Ils courent furieux sur ce nouveau renfort :
Ah! Seigneur, daigne encor les couvrir de ton ombre,
Et supplée à leur nombre ;
Contre tant d'ennemis seconde leur effort.

31.

D'Elbée avec Bonchamp tombent dans la mêlée ;
Le sort devient douteux ; leur troupe désolée
Se retire avec ordre, en pleurant ces héros.
Cependant le malheur n'abbat point la Vendée ;
Par sa valeur guidée,
Elle vole venger sa gloire et ses drapeaux.

32.

Henri, sur un coursier étincelant d'audace,
Dont le sang généreux coule, et rougit la trace,
Vers la Loire conduit ce peuple aimé du Ciel.
Des Nestors de l'armée égalant la sagesse,
Là, sa belle jeunesse
Saura bientôt dresser un trophée immortel.

33.

Pareils au fier lion qu'irrite la souffrance,
Sur six mille captifs éclatait leur vengeance ;
Le glaive était levé ; mais il tombe à ces mots :
Grace ! grace ! arrêtez, c'est Bonchamp qui l'ordonne,
Bonchamp blessé pardonne;
Et l'armée attendrie obéit au héros.

34.

Eh ! quel autre guerrier mérita plus de larmes ?
Quel cœur sur l'amitié répandit plus de charmes ?
Comment à plus d'honneur unir plus de vertus ?
Mais qui pcindra jamais le deuil et les alarmes
De ses compagnons d'armes,
A ces mots foudroyants : « Bonchamp, Bonchamp n'est plus.

35.

Il n'est plus ; mais la mort n'atteint point sa mémoire,
Mais ses brillants exploits éternisent sa gloire,
Mais de nombreux lauriers parent son monument ;
Et la patrie en pleurs, nous l'offrant pour modèle,
Tient la liste fidèle
Des six mille guerriers qu'il sauve en expirant.

FIN DE LA PREMIÈRE ÉLÉGIE.

AVERTISSEMENT.

Les strophes suivantes forment le commencement de la seconde élégie.

O mère des héros, ô royale contrée
A quel peuple, grand dieu, la guerre t'a livrée;
L'enfant demande en vain le foyer paternel!
De tes champs dévastés les phalanges fidèles
Emportent avec elles
Les débris malheureux du trône et de l'autel.

Les vieillards, les enfants, les mères désolées,
Cent mille fugitifs errants dans les vallées,
L'incendie embrasant les bourgs et les hameaux,
La foudre des combats et le fracas de l'onde
Des derniers jours du monde
Tout sur ces tristes bords peint les affreux tableaux.

Vers l'Armorique enfin, leur troupe valeureuse
Sur de frêles esquifs s'ouvre l'onde écumeuse
Aux cris hospitaliers des généreux Bretons;
Venez infortunés partager nos chaumières,
Venez, sous vos bannières
Nous combattrons ensemble, ensemble nous mourrons.

Un sénat odieux cependant fait entendre

(Suivent les vers de la 1re strophe de la 2e élégie.)

ÉLÉGIE II.

1.

Un sénat odieux par-tout faisait entendre :
Il n'est plus de Vendée ; elle est réduite en cendre ;
Ses chefs ont expiré sous les glaives vengeurs :
Quand soudain la Vendée, aux rives de la Loire,
Relevée avec gloire,
Dans Antrames foudroie et détruit ses vainqueurs.

2.

Le cruel Westerman s'apprête à la vengeance ;
Sous lui des Mayençais le corps nombreux s'avance :
Mais le bouillant Henri guide nos bataillons,
Disperse l'avant-garde, attaque avec furie
Cette armée aguerrie,
Et Stofflet et Martin enlèvent ses canons.

3.

D'Autichamp, Marigny, lassent sa résistance ;
Talmond, Dednan, Soyer, disputent de vaillance ;
Et par-tout l'ennemi voit la mort sous ses pas :
Scépeaux, Beaugé, Deharque, achèvent sa défaite ;
Dans sa longue retraite,
Des bataillons entiers sont livrés au trépas.

4.

Gloire, honneur à leur nom, gloire, honneur à Lescure,
Qui, malgré les tourments qu'à Laval il endure,
Exhorte ses guerriers à braver les hasards;
Et, voyant du combat revenir leurs phalanges
Dignes de ses louanges,
Peint (1) sa joie à leurs chefs dans ses derniers regards (2).

5.

Au sein de la victoire il exhala sa vie.
De Lescure, ô Vendée! honore le génie,
La tendre piété, l'incorruptible foi.
Honore en sa compagne et son nom et son zèle;
Et, comme lui fidèle,
Meurs en servant ton Dieu, ta Patrie et ton Roi.

6.

Ils ont soumis Laval, et Mayenne, et Fougères;
Leur marche est un torrent qui, brisant ses barrières,
D'un cours impétueux s'épand de toutes parts.
Sous les traits enflammés que Grandville leur lance,
Ils vont, pleins de vaillance,
Emporter ses faubourgs, et gravir ses remparts.

7.

Au haut des murs déja s'élevaient leurs bannières;
Mais, vaincus du desir de revoir leurs chaumières,
Ils suspendent l'assaut, et marchent vers Antrain:
De Dol aux murs d'Angers, trois fois victorieuses,
Leurs bandes valeureuses
De morts et de mourants ont jonché le chemin.

8.

Là pendant deux soleils, ces lions intrépides
Bravent, à découvert, les bronzes homicides;
Le Mans semblait offrir un terme à leurs combats:
Vain espoir ; les tyrans déchaînent sur leurs têtes
De nouvelles tempêtes,
Et d'abymes nouveaux environnent leurs pas.

9.

Westerman fond sur eux comme un affreux orage;
Mais du peuple chrétien rien n'abat le courage :
Dès le jour renaissant, dans la ville, au-dehors,
Corps à corps il se bat, il recule, il avance,
Et, brûlant de vengeance,
Verse des flots de sang, et s'entoure de morts.

10.

Le soleil cède en vain son sceptre à la nuit sombre,
Le Vendéen combat au jour qu'épand dans l'ombre
La funèbre clarté d'homicides éclairs :
Il résiste aux efforts d'une troupe innombrable :
Sa valeur redoutable
Dans la retraite encor surpasse ses revers.

11.

D'où viennent ces guerriers aux yeux brillants d'audace?
Retournent-ils vainqueurs ? La fierté, la menace (3),
Dans leurs traits belliqueux inspire encor l'effroi :
Non, ils vont au martyre, et leur généreux zèle
Avec ardeur appelle
Le glaive du Seigneur au secours de leur roi.

12.

Anges de la victoire, à ces guerriers fidèles
Ouvrez le ciel, donnez des palmes immortelles;
Louez, chantez en chœur leur trépas glorieux.
Arbitre des combats, viens venger ton outrage;
Des monstres, pleins de rage,
Dévorent tes enfants, et menacent les cieux.

13.

En vain de tous les maux ce bon peuple est la proie:
Jusqu'au dernier instant sa valeur se déploie;
Et, tombant sous le fer, il tombe en menaçant:
Ainsi périt leur troupe, en tous lieux combattue,
Mais toujours invaincue:
Ainsi, dans Ancenis, succomba Donissant.

14.

Vertueux Donissant, ame noble et fidèle,
Nos anciens chevaliers t'eussent pris pour modèle;
Le Maure eût à tes pieds déposé ses tributs.
A la guerre, au conseil, ta valeur, ton génie,
Ont servi la patrie,
Et le dieu des combats couronne tes vertus.

15.

Regrettant ses enfants, sa tranquille chaumière,
Le soldat villageois, à son heure dernière,
Conjure le Seigneur de veiller sur leur sort;
Tout lui manque: son chien seul a vu ses alarmes
Et seul verse des larmes
Sur le tombeau désert que lui creusa la mort (3).

16.

Prince, qui vins t'unir à la cause commune,
Talmond, tu n'as point vu leur dernière infortune;
Tu n'as pu dans leurs rangs expirer sur ces bords:
Hélas! tout annonçait à tes belles années
D'heureuses destinées,
Et de ton cœur ardent secondait les transports.

17.

A son panache blanc, à son noble visage,
L'ennemi devinait son nom et son courage;
Il tremblait d'être atteint par ce jeune guerrier;
Mais rarement la gloire au bonheur est unie.
La fortune ennemie
L'abandonne à Laval au juge meurtrier.

18.

« Je suis prince, dit-il, et digne de défendre
Le roi, pour qui mon sang brûlait de se répandre;
Libre, je combattrais encor votre pouvoir.
Le soldat, qui cent fois sut exposer sa vie,
Sans peur la sacrifie:
Faites votre métier, moi j'ai fait mon devoir. »

19.

Infortuné rameau de cette tige illustre,
Dont le sceptre des rois reçut un nouveau lustre,
Et qui soutint leur trône au jour de leurs malheurs,
Tu tombes sous le fer destiné pour le crime;
Mais ton trépas sublime,
A nos derniers neveux arrachera des pleurs!

20.

Ancenis, Savenay, déplorables campagnes,
Le sang de nos héros a rougi vos montagnes;
Là les forts d'Israël ont subi le trépas.
Ah! puisse de leur sang votre terre arrosée,
Sans pluie et sans rosée,
Lasser le voyageur, et repousser ses pas!

21.

L'impiété triomphe, et chante leur défaite;
Mais Stofflet et Henri, Sapinaud et Charette,
Lui préparent encore un sanglant avenir:
Du funèbre séjour, où nos héros sommeillent,
Leurs ombres se réveillent
Pour applaudir aux preux qui vont vaincre ou mourir

22.

Jeune et brillant Henri, dès ta naissante aurore,
A l'âge où le héros n'est qu'un enfant encore,
La gloire t'a conduit dans ses nobles sentiers:
Dès-lors, à son aspect, ton cœur bat et palpite;
Et dès-lors à ta suite
Vole sous ta bannière un peuple de guerriers.

23.

Au lieu de moi, dit-il, que n'avez-vous mon père!
Je ne suis qu'un enfant; mais cet enfant, j'espère,
Rendra cher à vos cœurs son dévouement au roi.
Amis, toujours l'honneur couronne la vaillance:
Suivez-moi, si j'avance;
Tuez-moi, si je fuis; si je meurs, vengez-moi.

24.

Comme de son coursier le regard étincelle !
Comme il hennit d'ardeur au clairon qui l'appelle,
Frappe du pied la terre, ensanglante son mor !
Tel qu'un rayon du jour sur lui son jeune guide,
Aussi prompt qu'intrépide,
Part, arrive, combat, et triomphe du sort.

25.

S'il respire un moment des troubles de la guerre,
Avec lui le bonheur entre sous la chaumière ;
Il anime la joie, embellit le festin ;
S'il revole aux combats, la clémence est son guide.
Ah ! quel monstre perfide,
Lorsqu'il lui pardonnait devient son assassin !

26.

Ainsi périt l'espoir, la fleur de la jeunesse,
L'exemple des héros, l'objet de leur tendresse,
L'ami de la vertu, l'égide du malheur :
Des braves Vendéens Henri fut les délices ;
Couvert de cicatrices,
Son cœur était pour eux le temple de l'honneur.

27.

Mais lorsque sur sa mort ils pleuraient en silence,
De ce globe attristé son ame au ciel s'élance ;
Lescure reconnaît l'ami qu'il a quitté.
Quel doux embrassement ! quelle allégresse extrême
Quand Dieu leur dit lui-même :
C'est moi qui suis le prix de la fidélité !

FIN DE LA SECONDE ÉLÉGIE.

ÉLÉGIE III.

1.

Quels généreux transports, quelle flamme sacrée
Anime tous les cœurs dans l'illustre contrée
Qui consacre à son roi ses fils dès le berceau !
Ah ! combien périront au printemps de la vie,
Et morts pour leur patrie,
Méritant des autels, n'auront pas un tombeau !

2.

Dans le champ des combats Marigny se signale.
Il s'écrie, en voyant la colonne infernale,
Et les châteaux croulants par le feu dévorés :
Aux armes, Vendéens ! dans le sang de l'impie
Étouffez l'incendie ;
Marchez et combattez, triomphez ou mourez.

3.

Honteux de ses excès, l'ennemi fuit vers Nante :
Là, Carrier a glacé tous les cœurs d'épouvante ;
La Loire, en le voyant, a frémi de terreur ;
Et le soleil lui-même, à l'aspect des victimes,
Effrayé de ses crimes,
Sans la main du Très-Haut, eût reculé d'horreur.

4.

Tel meurt sans sa compagne un oiseau solitaire;
Telle, ô ma tendre sœur! tu meurs loin de ta mère:
Des milliers d'innocents sont livrés aux bourreaux:
De bateaux, préparés par des mains homicides,
Les soupapes perfides
En s'ouvrant ont creusé leur tombe dans les flots.

5.

L'étranger est frappé d'une stupeur profonde;
Le triomphe du crime épouvante le monde.
Les Vendéens eux seuls foulent aux pieds ses lois;
Trois cent mille guerriers n'ont pu lasser leur zèle:
Sans toi, peuple fidèle,
Peut-être auraient péri les trônes et les rois!

6.

Dans cent combats Charette a triomphé du nombre.
Comme un brillant éclair sillonnant la nuit sombre,
Lorsqu'on croit qu'il n'est plus, éclatent ses hauts faits:
Est-il vaincu? soudain il répare sa perte;
Fatigue, déconcerte,
Contraint ses ennemis à demander la paix.

7.

Cependant d'Albion aux rives de la France
Accourt des Vendéens la dernière espérance,
Ces guerriers dont le cœur resta toujours français;
Quiberon fut témoin de leur sort déplorable.
Une voix lamentable
De leurs ennemis même y redit les regrets.

8.

Sombreuil (1) qui vit les rois orner sa destinée,
Près d'unir ses lauriers aux roses d'hyménée,
Triomphe de l'amour et vole au champ d'honneur.
L'honneur hâte sa course, un songe heureux l'abuse;
Mais ma voix se refuse
A retracer aux yeux cette scène d'horreur!

9.

La flotte se retire, et l'on offre à Charette,
Sur des bords étrangers une heureuse retraite;
Mais l'immortalité seule est chère à son cœur.
Le sang de Sombreuil crie et demande vengeance;
Le repos, l'opulence,
Ne pourront balancer le devoir et l'honneur.

10.

Nous avons vu long-temps triompher sa vaillance;
Et lorsqu'à ses lauriers souriait l'espérance,
Vainqueur, la trahison mit fin à ses hauts faits.
Grand dans son infortune, il pardonne, et s'écrie:
Soldats, tranchez ma vie;
Charette peut mourir, mais sa gloire jamais.

11.

Les lys qu'il fit fleurir s'effacent de nos armes;
Le Maine en a gémi, l'Anjou verse des larmes;
La Bretagne à regret s'abreuve de son sang.
Mais sur l'illustre mort luit un rayon de gloire;
L'ange de la victoire
Près du roi qu'il servit montre au héros son rang.

12.

Oui, ce héros servit son prince et sa patrie ;
Sa gloire ne fut point une gloire ennemie :
Pour la France et son roi furent ses derniers vœux ;
Pour eux mourut Charette, et son heure dernière
Lui parut moins amère
Par l'espoir de fléchir la colère des cieux.

FIN DE LA TROISIÈME ÉLÉGIE.

NOTES.

Ire ÉLÉGIE.

(1) M. de Lescure délivra à Fontenay cinq mille paysans faits prisonniers et déja condamnés à mort. Tous les chefs royalistes donnèrent dans ce combat des preuves de leur valeur. L'armée réunie était de trente-six mille hommes. Ils marchèrent sur cette ancienne capitale du bas Poitou en récitant les litanies de la sainte vierge, et ne commencèrent l'attaque qu'après avoir reçu la bénédiction des prêtres.

(2) Comme les Vendéens appelaient M. de Larochejaquelin, Henri, j'ai préféré ce nom.

(3) M. le chevalier Sapinaud de bois Huguet, ancien officier de cavalerie, connu sous le nom de la Verrie, dès le 3 mars, battit, à la tête des paysans qu'il commandait, les garnisons de Pousauge et des Herbiers, et leur prit trois pièces de canon. Au mois d'avril il gagna la bataille des Guerinières, où l'ennemi perdit 2600 hommes. Son neveu M. Sapinaud de la Rérie, officier au régiment de Foix, avait réuni ses rassemblements aux siens. L'humanité de M. de la Verrie était aussi connue que son courage : il s'élança au milieu des paysans irrités et déroba à leur fureur M. de Beaulieu, père de douze enfants et partisan zélé de la révolution. Le combat de St.Vincent, dont le gain fut dû à son intrépidité, livra un terrain considérable aux royalistes et mit le comble à sa gloire. En vain M. de Royrand et lui avaient enfoncé les colonnes républicaines, leur artillerie tenait toujours ferme. Voyant ses paysans ébranlés à chaque détonation, il leur adressa ces mots : « Mes amis, ce n'est « rien ; regardez-moi et suivez-moi. » Il dit et se précipite avec eux sur les pièces de canon qu'il enlève. Trahi par un transfuge au pont Charron, où il commandait l'avant-garde, il se trouva environné de corps nombreux. Deux fois il s'élance pour attaquer, deux fois il est repoussé et blessé. Enfin ne pouvant plus se relever, il est pris et mis en pièces. Quatre paysans de la Verrie, endroit dont

il était seigneur, se firent tuer pour arracher son corps aux meurtriers. L'armée royale, dans le bulletin officiel du conseil supérieur, déplora ainsi sa mort : « Nous devons un juste tribut d'éloges et les regrets les mieux mérités à M. Sapinaud de la Verrie, qui, blessé dès la première attaque du pont Charron, tomba entre les mains de l'ennemi et éprouva de sa part les plus cruels traitements. »

(4) Les Vendéens, pendant les six mois qui suivirent leurs premières victoires, se bornèrent à repousser les agressions ennemies aux frontières, et continuèrent dans l'intérieur leurs travaux champêtres.

(5) C'est à Chantonnay que fut détruit le bataillon nommé le vengeur, qui se vantait de n'avoir jamais épargné aucun Vendéen.

(6) M. de Royrand de la Roussière avait fait, sous Louis XV, la guerre de Sept-Ans ; nommé sous Louis XVI lieutenant-colonel du régiment d'Armagnac, alors en Amérique, il repassa en France quelques années avant la révolution. Ses chefs de division étaient M. Sapinaud de la Verrie, de Baudery et de Verteuil, tous les trois parents, et M. de Bejari, officier très-distingué.

(7) M. Piron avait émigré ; il battit, à Coron, avec dix mille hommes, quarante mille soldats commandés par Santerre.

(8) La Vendée regarda comme une violation manifeste de la capitulation avec les puissances l'ordre, donné par le comité de salut public aux prisonniers de Mayence, de marcher contre les royalistes.

IIe ÉLÉGIE.

(1) M. de Lescure, se croyant blessé à mort, pria les principaux officiers de nommer Henri de Larochejaquelin à sa place pour commander l'armée.

(2) Quarante jeunes gens, la plupart gentilshommes, condamnés par le tribunal du Mans, furent au supplice en chantant le *Salve regina*. L'un d'eux, M. de la Bigautière, voyant un patriote s'attendrir sur son sort, lui dit : C'est vous et non pas moi qu'il faut plaindre.

(3) La mort de ces braves Vendéens loin de leur terre natale me donne occasion de citer la traduction que j'ai faite de deux

strophes du cimetière de Gray, fort touchantes, dont je joins ici la première en anglais :

Eh! quel être, au sortir d'une vie inquiète,
Mais si chère aux mortels, se résigne à l'oubli;
Vers ce brillant soleil qui fuit et qu'il regrette,
Ne jette en soupirant un regard attendri.

De laisser des amis il se flatte; il succombe
Avec le doux espoir de revivre en leurs cœurs;
Un sentiment si tendre émeut jusqu'à sa tombe;
Sa cendre à l'amitié demande encor des pleurs.

For who, to dumb forgetfulness a prey,
This pleasing anxious being e'er resign'd,
Left the warm precincts of the chearful day,
Nor cast one longing ling'ring look behind?

(3 *bis*) Ces paroles ayant été prononcées par le prince, j'ai pensé qu'on me saurait gré de les répéter. J'ai mis aussi, aux premiers vers de cette strophe, sa réponse au député qui le délivra des prisons d'Angers au commencement de cette guerre. Ce député lui conseillait de retourner en Angleterre. Non, dit le prince, j'ai choisi la Vendée; tout mon sang est au roi, je le verserai jusqu'à la dernière goutte.

IIIe ÉLÉGIE.

(1) M. de Sombreuil avait obtenu plusieurs décorations; il était sur le point de se marier, lorsqu'il partit pour Quiberon.

(2) M. Charette, frappé à mort, en tombant s'écria encore d'une voix mourante : Vive le roi!

C'est ici l'occasion de rappeler un de ses amis, M. de Chevigné, qui périt quelque temps auparavant à la tête d'une de ses divisions. C'était un des meilleurs officiers; il avait partagé tous les dangers de la guerre du Bocage, et ceux de l'expédition d'Outre-Loire avec la grande armée.

NOTICES

POUR SERVIR A L'HISTOIRE DE LA VENDÉE.

Ces bons paysans faisaient la guerre avec un courage et un désintéressement qui n'a pas d'exemple. Un métayer de la Verrie, surpris et arrêté par un officier républicain, qui le met en joue, s'écrie : Ajuste bien ou tu es mort. L'officier le manque; il le tue, mais dédaigne de lui prendre une ceinture remplie d'or. C'était, disait-il, pour servir le roi et non pour m'enrichir, que je faisais la guerre. Un autre de l'armée du centre, revenu le jour même où il avait obtenu d'aller voir ce qui s'était passé chez lui, pendant que l'ennemi occupait le terrain, interrogé par M. de Sapinaud, lui répondit : Général, j'ai trouvé ma femme égorgée à la porte de ma maison, mes enfants massacrés, l'un deux encore en bas âge accroché à une claie de charrette, tous mes bestiaux emmenés, et mon grain mêlé parmi les décombres de ma chaumière incendiée; il ne me reste plus que mon fusil, mais Dieu le veut : vive le roi! je ne quitte plus l'armée. Il fit cette réponse sans verser une larme. Trois paysans de la même armée, arrêtés pour avoir caché un dépôt de poudre, répondent l'un après l'autre aux militaires, que ni leurs menaces ni la mort la plus cruelle ne pourront leur faire trahir leur secret; deux sont fusillés, le troisième est mis dans les prisons de Mortagne d'où il s'échappa. Une jeune personne très-belle, prise aux Quatre-Chemins, après un combat, s'écria jusqu'au dernier soupir : Vous pouvez déchirer mon corps, mais mon cœur restera fidèle à Dieu. C'est un paysan qui sauva le brave et infortuné Marigny lorsqu'il eut passé la Loire. L'ayant reconnu sur la route de Nantes, il changea avec lui d'habits, lui donna son aiguillon et ses bœufs à toucher. Ce sont des paysans, fermiers de ma mère, dont la maison à Mortagne était sans cesse remplie de royalistes, qui, lorsqu'elle n'eut plus rien, continuèrent à lui payer une partie de leur ferme, comme si leurs métairies qui avaient été vendues, lui appartenaient encore; puisse le ciel entendre ma reconnaissance et bénir leurs travaux! Leurs mœurs et leurs vertus paisibles avant la révolution n'étaient pas moins admirables que leur zèle et leur courage pendant la guerre.

Le paysan aimait sa religion, à qui il attribuait tous les biens qu'il recevait; il aimait sa vie laborieuse par le souvenir de celle de Jésus-Christ. Les croix et les bonnes vierges placées aux angles de chaque chemin la lui rappelaient sans cesse. Les fermiers faisaient toujours leurs prières en commun avant et après leurs travaux. J'ai souvent vu les métayères, avant de coucher leurs petits enfants, leur faire prier Dieu, pendant qu'elles étaient assises sur le seuil de leur porte, occupées à filer leur quenouille. Ces prières finissaient par des vœux touchants pour le monarque et sa famille; absent ou présent il fut toujours le roi de leur chaumière, car rien n'a changé pour eux. Ils étaient et sont encore dévoués aux prêtres et à la noblesse; elle prenait part à leurs labeurs, leurs plaisirs, et avait les mêmes sentiments qu'eux : aussi les réjouissances et le deuil aux principales époques de la vie, la naissance, les mariages et la mort étaient les mêmes dans les châteaux et dans les chaumières. Il existait une telle confiance entre le fermier et le propriétaire, que les baux et les quittances étaient donnés de vive voix et sur parole. Il est sûrement arrivé plus d'une fois que le gentilhomme n'ait pas su écrire, et que le fermier n'ait pas su lire. Ils n'avaient d'autre instruction que celle qu'ils recevaient au prône de leur pasteur. Leur délassement favori était le jeu de boule et la chasse. Les dimanches, après vêpres, il n'était aucun lieu habité dans la Vendée, où l'on ne jouât à ce jeu. Il réunissait toutes les classes de la société. Les jours de fête le paysan dès la pointe du jour rôdait autour des haies pour épier le gibier; mais jamais il ne tirait un coup de fusil, sans tuer plusieurs pièces de gibier à-la-fois. Le centre de la Vendée est très-giboyeux; il est formé de coteaux, de vallons, de bois et de ruisseaux; c'est la Suisse en miniature, et la même fidélité y règne. L'adresse du paysan à bien tirer a été funeste à ses ennemis pendant la guerre. Sa vie laborieuse et sans remords se prolongeait au-delà du terme ordinaire, et sa mort était l'image du sommeil. Lorsque les prêtres qui les assistaient à leur dernière heure leur témoignaient leur douleur, Pourquoi, disaient-ils, nous regrettez-vous? Nos enfants sont établis, leurs femmes sont bonnes ménagères; elles élèvent leurs petits enfants en chrétiens; nous n'avons plus rien à faire, et nous allons vers Dieu avec confiance, car il est notre père. La Vendée ne formait pour ainsi dire qu'une grande famille, ayant toute un même cœur et un même amour pour Dieu et pour le roi. Mais je serais ingrat si je ne révélais la source conservatrice de ces bienfaits.

Il est dans la Vendée un bourg nommé St.-Laurent, situé entre Mortagne, Chollet, Châtillon et la Verrie; il est bien bâti et bien habité; il est entouré par quatre collines et par la Sèvre que bordent beaucoup d'arbres d'un sombre feuillage; les flots sans cesse brisés par les rochers et les petites îles qu'elle renferme élèvent un son lugubre et plaintif; et ce murmure, prolongé par les échos, rappelle aux voyageurs nos douloureux désastres. Le père Montfort établit autrefois à St.-Laurent deux maisons religieuses; l'une de sœurs grises, nommées sœurs de la sagesse, l'autre de missionnaires. Les religieuses, qui avaient plusieurs hôpitaux dans la Vendée et même dans le royaume, secouraient l'indigent et instruisaient l'enfance. Les missionnaires faisaient tous les ans des missions dans les bourgs et les petites villes où le zèle et les bonnes mœurs avaient éprouvé quelque altération. A peine y avaient-ils passé quelques jours, que ces endroits devenaient les modèles de la contrée: adoucir les rigueurs de la guerre, et exercer leur bienfaisance envers les deux partis, était l'objet continuel de leurs soins dans nos jours malheureux. Leur maison, qui est vaste et jointe à un magnifique enclos, était le refuge de quiconque était dans le malheur. A la bataille de Chollet, une colonne républicaine arrêtée dans sa marche par celle du brave Piron, qui allait se joindre à Bonchamp et d'Elbée, fut forcée de se replier vers St.-Laurent, où, sans les missionnaires, elle eût été exterminée par les paysans. Ils leur rappelèrent la clémence de Dieu, et leur persuadèrent que conserver la vie à son ennemi est l'acte le plus agréable au Seigneur. La providence les a récompensés; leur établissement est resté debout sur tant de ruines, et Buonaparte l'a protégé et soutenu.

BONCHAMP.

Il n'est point de lieux habités où ne soit parvenu le nom de Bonchamp; ses exploits en ont éternisé le souvenir. On apprendra peut-être avec intérêt, quelles étaient ses mœurs et ses habitudes, aux jours où il était loin d'espérer sa célébrité et même de la desirer. Né humble et modeste, il ne s'égarait point dans de vaines pensées. Il entra au service à seize ans, n'ayant encore qu'une éducation imparfaite; il dut tout ce qu'il a été aux heureuses dispositions que le ciel lui donna. Ses manières étaient nobles et gracieuses; sa taille moyenne, mais bien faite; ses traits expressifs, son teint brun, ses cheveux épais et frisés; ses lèvres, un peu grosses, lui donnaient un air de bonté; ses dents étaient d'une blancheur éclatante, et ses yeux étincelants d'esprit. Son langage, quoiqu'un peu recherché, peignait bien sa pensée. Quand il parlait de sa campagne de l'Inde, faite sous M. de Suffren, dans le second bataillon d'Aquitaine que commandait M. de Damas, ses camarades s'empressaient autour de lui pour l'entendre, et tous avaient les larmes aux yeux lorsqu'il leur retraçait la maladie qu'il eut sur le bâtiment et dont il ne se releva que par une espèce de miracle. Comme madame de Maintenon, il devait revenir des portes de la mort pour remplir le monde de son nom. Jamais on n'a été plus aimé ni plus considéré. Sous ce rapport il l'emportait même sur les chefs du régiment: s'il était sensible à l'amitié, il n'en était pas moins attaché à tout ce qui tient au luxe et à l'aisance de la vie. Ses dehors étaient brillants, ses dépenses considérables. Trente mille livres de rente auraient eu peine à y suffire, et il n'en avait pas quinze mille. Jamais il n'arrivait dans nos garnisons un militaire distingué sans qu'il ne le fêtât. Il aimait l'étude et les beaux-arts; le soir il ne s'endormait qu'après avoir lu plusieurs heures à la lumière d'une lampe qui éclairait tout l'appartement et était placée au milieu. Le matin son laquais l'éveillait de bonne heure; il plaçait à côté de son lit des pantoufles rouges, un pantalon de soie et une robe de chambre élégante.

Au sortir de son lit, il allait s'asseoir devant une glace pour s'accompagner sur la harpe, en chantant des airs qui respiraient l'amour ou l'héroïsme. Il cultivait tour-à-tour les mathématiques, le dessin, la musique et la littérature. Il suivait la mode dans sa coiffure et ses vêtements, autant que sa tenue militaire le lui permettait. Une partie de l'après-dînée était consacrée à des évolutions militaires de toute espèce, qu'il exécutait sur une table avec des fantassins et des cavaliers de métal. Le soir était partagé entre la société et le jeu; il perdait souvent beaucoup; ses traits, sa gaieté, n'en recevaient aucune altération; sa conversation était toujours la même : elle était instructive et variée, mais dégénérait par-fois en calembourgs dont il faisait abus. Il desirait avancer dans la carrière militaire; ce desir cependant était modéré; et l'humanité dont sa mort a présenté un si touchant modèle, le faisait dès-lors aimer des officiers et des soldats. Deux de nos camarades, renvoyés du régiment pendant que nous étions en garnison à Mézières, avaient été condamnés à se battre avant leur départ; M. de Bonchamp s'y opposa en disant : N'est-ce pas assez de les déshonorer sans les contraindre à se tuer? Les lieutenants et les capitaines se rendirent à cet avis. Quant à lui il n'eut jamais aucune affaire; il détestait les duels; son aménité, sa douceur, l'en mettaient à l'abri. MM. Soyers m'ont dit la belle réponse qu'il fit à Stofflet qui lui avait proposé un cartel : Non, monsieur, je n'accepte point votre défi; Dieu et le roi peuvent seuls disposer de ma vie, et notre cause perdrait trop, si elle était privée de la vôtre.

Né avec un trop bon cœur pour n'être pas sensible, la fille d'un gentilhomme breton lui avait beaucoup plu; l'absence avait encore accru ce penchant; il desirait unir son sort au sien : son père s'y opposa. Désolé de ce refus, il me dit : Je ne pourrai plus être heureux. Nous avions les mêmes appartements, la même table; nos plaisirs, nos chagrins étaient communs. Pendant cinq ans il s'est écoulé peu de jours qu'il ne m'ait parlé de cette charmante Bretonne. Il avait souvent des tristesses qui duraient des heures entières; nous avions alors grand soin de ne pas troubler son silence; sa sérénité revenue, il nous savait gré de cette attention. J'étais aussi son compagnon de voyage. Nous arrêtions-nous dans quelque ville, la première chose qu'il faisait était de chercher un café où l'on jouât aux échecs; étant jeune et ignorant Paris, il m'a laissé seul un jour entier, pendant qu'il faisait plusieurs parties au café Valois. Cependant il était mon mentor et m'aimait beaucoup. Je le payais d'un retour bien sincère. Ce qui m'a toujours étonné, c'est qu'aimant l'application même dans les choses abstraites, il ne prît aucun soin de sa fortune et de ses affaires; au point qu'il nous chargeait, nous beaucoup plus jeunes que lui, de faire ses comptes aux auberges, au billard et chez les marchands; c'est qu'étant sensible, la plus jolie femme, si elle était dépourvue de talent, ne lui inspirait que de l'indifférence; c'est qu'aimant les grandeurs et desirant parvenir, il dédaignait l'intrigue et l'adulation. Je l'accompagnai à Paris, lorsqu'il desira obtenir Mlle. de Scépeaux en mariage. Le premier soir, étant allés à un spectacle du Palais-Royal, nous y vîmes venir une jeune femme, dont les graces et la beauté attiraient tous les regards. Bonchamp la reconnut, et ses yeux se remplirent de larmes. Je pensai que c'était l'aimable personne qu'il avait tant aimée; je ne me trompais pas. Le spectacle fini, il eut avec elle un entretien touchant qui lui apprit qu'elle était mariée avec un capitaine de vaisseau de la marine royale. Heureusement Mlle. de Scépeaux acquiesça à ses vœux et mit un terme à ses regrets; l'ambition y contribua aussi, mais la révolution l'empêcha de s'y livrer. Il ne desirait s'élever que par des degrés honorables; il n'espéra de bonheur que dans la retraite et dans sa famille. Aussi ne suivit-il pas notre régiment dans l'émigration. Le régime de la terreur lui fit abandonner Paris. Il revint au château de ses pères, situé proche St.-Florent et placé sur une colline entre deux rivières. Il desirait y passer ses jours dans l'oubli, mais Dieu le destinait à être l'objet de l'admiration des hommes et le modèle de toutes les vertus. Sans la guerre de la Vendée, Bonchamp fût resté inconnu. C'eût été le cas de dire avec Gray:

> Full many a gem of purest ray serene
> The dark unfathom'd caves of ocean bear;
> Full many a flower is born to blush unseen,
> And waste its sweetness on the desert air.

> Que de brillants rubis, de perles éclatantes,

Demeurent inconnus au gouffre obscur des mers !
Sans charmer nos regards, que de fleurs attrayantes
Et du plus doux parfum, meurent dans les déserts !

D'Elbée.

Le père de M. d'Elbée était devenu officier supérieur au service de Saxe. A sa mort, son fils fut placé en France dans un régiment de cavalerie; mécontent de ne pouvoir aller au-delà du grade de lieutenant, malgré ses connaissances militaires, il se retira du service. Comme M. de Bonchamp, il s'amusait à faire faire la petite guerre à des régiments et des escadrons faits en métal; comme lui il était brave, plein d'honneur et ami dévoué. L'un et l'autre, lorsqu'ils desirèrent se marier, recherchèrent le mérite et la beauté (*) avant la fortune. M. d'Elbée, sur le point d'unir son sort à celui d'une Nantaise très-jolie et très-riche, lui préféra, quoique peu opulent, Mlle d'Hauterive, dont l'ame sensible et généreuse et le dévouement à son mari ne peuvent être surpassés. J'ai cru devoir retracer les traits de ressemblance entre les deux héros de la Vendée; mais, autant l'extérieur de Bonchamp était gracieux et prévenant, autant celui de M. Delbée était sombre et sévère : un teint brun et jaune, des yeux vifs et enfoncés ajoutaient à sa gravité. Il était maigre et d'une taille moyenne, son langage sentencieux et lent. Dès qu'un sentiment l'occupait, il le portait jusqu'à l'exaltation. Il avait souri aux commencements de la révolution; l'esprit de Voltaire et le style de Rousseau l'avaient séduit, mais il eut horreur des premières scènes révolutionnaires. Les malheurs de la famille royale l'attachèrent pour jamais à sa cause; il vécut et mourut pour elle. M. d'Elbée et son ami M. de Boisy demandèrent à mourir ensemble; (**) Madame d'Elbée obtint de ne pas survivre à son mari. Unis intimément pendant la vie, ils ne voulurent pas se séparer à la mort. Ils avaient alors un fils au berceau; ce jeune enfant survécut aux malheurs de la

(*) J'ai parlé du desir qu'avait eu M. de Bonchamp d'épouser une Bretonne qui n'avait point de fortune.

(**) Ils furent fusillés à Noirmoutier.

Vendée. Son caractère aimable et son éducation donnaient les plus belles espérances; et sa conduite dans la garde d'honneur, où il fut contraint d'entrer, fit reconnaître en lui le digne héritier de la gloire de son père, mais il fut aussi celui du malheur. Étant très-gras et se tenant à cheval avec peine, il tomba dans une charge faite sur l'ennemi et fut tué.

CHARETTE.

Charette, dont les exploits sont la plus belle louange, fut long-temps d'une santé si délicate, qu'il craignit d'être forcé à quitter le corps de la marine royale, où il était lieutenant. Il avait un goût effréné pour les plaisirs; et tout semblait devoir l'éloigner d'une guerre semée de fatigues et de périls. Mais le premier coup de canon tiré dans la Vendée, fut pour lui ce qu'avaient été pour Achille déguisé en femme les armes présentées à ses regards. Il parut tout-à-coup plein de valeur et de piété; il portait même cette vertu jusqu'à faire jeûner ses soldats la veille des batailles. Il disait le chapelet avec eux, et nourrissait dans leur cœur le double enthousiasme de l'honneur et de la religion. Ce zèle, bien dirigé, eût obtenu de grands avantages; il eût empêché Charette de s'éloigner des autres armées; il eût rendu son parti invincible. Malheureusement cette ferveur dura peu; la vue de quelques jolies femmes qu'exaltait son courage, la refroidit bientôt. Mais les faiblesses du héros ont disparu devant sa gloire, et ont été couvertes par elle. L'amour de la patrie fut toujours sa passion la plus vive. Quelques jours avant d'être fait prisonnier, un officier, que je connais, lui dit: Pourquoi n'avez-vous pas accepté les propositions avantageuses du directoire? L'honneur, répliqua-t-il, me faisait un devoir de les refuser; tant que Charette palpitera, la charrette roulera. Tombé aux mains de l'ennemi, il dit à un cousin de la femme de mon frère qui avait obtenu de le voir dans sa prison: Mon ami, le directoire ne voudra pas se déshonorer; ma mort d'ailleurs irriterait les Français contre lui. Quand le conseil qui le condamna lui eût été favorable, il n'en aurait pas moins péri sous peu de jours. La gangrène était dans ses blessures.

Soyer.

MM. Soyer, nés d'une famille de marchands, demeurant à Chemillé, se sont bientôt élevés au premier rang de la société, par leur dévouement au roi et la noblesse de leur conduite. J'ai rendu hommage au courage de M. François Soyer dans mon avertissement: ainsi que lui, son frère aîné n'a cessé de se distinguer dans l'armée de Stofflet, par sa bravoure, son intelligence et son esprit conciliant. Il fut envoyé à Nantes par M. Cathelineau, généralissime des armées vendéennes, pour disposer les esprits en faveur des royalistes; il y avait pleinement réussi; la prise de la ville en eût été la suite, sans l'argent répandu à profusion par un négociant, qui parvint à gagner le peuple et une partie de la garde nationale. Si Nantes se fût soumise, elle eût entraîné la Bretagne et les provinces de l'ouest; et que de sang eût été épargné! Peu de royalistes ont eu des faits d'armes plus honorables que M. Soyer. Entouré à Châtillon de quatre housards, il les tua tous les quatre et rejoignit sa division. Il n'est pas une partie de son corps qui ne soit cicatrisée; il ne lui reste d'entier que le cœur qui est tout à son Dieu et à son roi. Les preux de cette armée ont égalé en courage tout ce que l'on peut citer de plus remarquable parmi les Romains. M. Soyer m'a dit qu'un de leurs cavaliers, instruit que l'ennemi avait formé un camp sur le bord de la grande route qui conduit de Chemillé au pont de Cé, prit aussitôt la résolution de tuer le commandant. Sans examiner le danger, il passe ventre à terre au milieu de plusieurs pelotons ennemis, qui rejoignaient leur division; il essuie plusieurs décharges de fusil, sans être attrapé, arrive, franchit les fossés, pénètre jusqu'à la tente du commandant, descend, entre, le tue d'un coup de pistolet, remonte à cheval, part et est déja aux extrémités du camp qu'il franchit, lorsqu'il est atteint d'un coup mortel et tombe en criant, Vive le roi! M. Soyer lui-même vit alors le plus jeune de ses frères donner un exemple remarquable de son dévouement à la cause royale. Ce jeune homme, qui était au collége d'Angers, employait l'argent destiné à ses récréations à se procurer de la poudre. Comme les écoliers allaient deux fois par semaine se promener hors de la ville, il profitait de ces promenades pour remettre sa poudre à des royalistes adroits et instruits de son secret. Cette nouvelle manière de servir le roi était d'autant plus louable qu'il en connaissait le danger. M. Soyer fut nommé major-général de l'armée de Stofflet; et ce général eût pu rendre la France à son roi s'il eût écouté ses conseils. Ils étaient de ne jamais se séparer de Charette. L'union de ces deux chefs aurait produit de nouveaux prodiges. Après la mort de Stofflet, M. Soyer eût pu se faire nommer commandant en chef. Toujours aussi modeste que courageux, il fit nommer M. Charles d'Autichamp, dont le nom est honoré des Français. Pendant la fin de la guerre et au 18 fructidor, sa maison fut sans cesse l'asyle des émigrés. Il est aujourd'hui maréchal-de-camp et a épousé Mlle de Grignon. Il était juste que la naissance et l'honneur fussent la récompense de l'honneur et du courage.

SAPINAUD.

M. Sapinaud, de la Rerie, lieutenant au régiment de Foix, d'où il se retira au commencement de la révolution, avait resté dans la Vendée pour être utile à ses frères dont cinq, tous au service, avaient rejoint l'armée des princes, dès le trois mars. Il battit, réuni à son oncle, M. Sapinaud de la Verrie, les garnisons des Herbiers et de Pouzauge et gagna avec lui la bataille des Guerinières. Il joignit ensuite sa division à l'armée d'Anjou; et, après la prise de Chollet et du château du bois Groleau, revint prendre le commandement de Mortagne, où il conserva l'artillerie à l'arrivée des Mayençais. Il fit la campagne d'outre-Loire comme chef divisionnaire et repassa ce fleuve sur une faible barque avec Henri Larochejaquelin; débarqués sur l'autre rive, ils apprirent par l'hôte chez qui ils logeaient, que sa maison était entourée de républicains, et ne s'en livrèrent pas moins au sommeil, tant ils étaient accablés de lassitude. M. de Sapinaud recréa l'armée du centre dès le commencement de janvier. Son corps, composé d'abord de huit cents hommes, battit un corps plus nombreux, campé à la Gaubretière. Parvenu à rassembler 1800 hommes, il envoya deux royalistes en instruire Charette; l'un et l'autre furent pris et mis à mort. Un troisième se présentant pour remplir cette mission, il lui en fit sentir le danger, sans pouvoir l'en détourner. Mon général, lui répondit le brave paysan, ne craignez rien, Dieu sera pour nous; si je succombe, je ne puis mourir pour une plus belle cause. Le ciel en effet le protégea; il arriva jusqu'à Charette, qui vint rejoindre Sapinaud à Chaussé. A peine s'étaient-ils embrassés, qu'on vint les avertir que les républicains s'avançaient au nombre de deux mille. Ils marchèrent aussitôt contre eux et les mirent en pleine déroute. Une autre colonne républicaine, ignorant ce qui se passait, entra le soir dans la ville et fut obligée de s'enfuir devant les corps de Charette, de Sapinaud et de Coitu; la rivière, s'étant tout-à-coup débordée, accrut encore son désastre; ce qui échappa aux glaives, devint la proie des flots. Les deux généraux se dirigèrent vers Léger, qu'ils emportèrent après plusieurs combats meurtriers. C'est à la prise de cette ville que M. Joly, chef de division, instruit que son fils est atteint et traversé d'un coup mortel, saute de cheval à terre et vole à son secours: au moment même où il lui prodigue ses soins, un de ses soldats lui apprend qu'ils ont fait un de ses enfants prisonnier parmi les bleus, et le prie de lui dire ce qu'ils doivent en faire; le fusiller, répondit-il. Il fit cette réponse sans détourner les yeux de son autre fils qu'il arrosait de ses pleurs et tenait mourant dans ses bras. Charette et Sapinaud, vainqueurs à Léger, furent moins heureux au pont du Jar, où l'un eut un cheval tué et l'autre un cheval blessé sous lui. Ils se retirèrent à Vieille-Vigne et s'y séparèrent. Dans les premiers jours de mars, Sapinaud et Stofflet réunirent leurs troupes pour prendre Mortagne. La première tentative ayant été infructueuse, Stofflet retourna dans ses cantonnements. Sapinaud, qui était maître de St.-Laurent, revint avec Marigny faire une nouvelle attaque, qui ne réussit pas mieux que la première. Ils se préparaient à une troisième, lorsqu'ils apprirent que la garnison avait évacué la place. A l'époque fatale, où Stofflet et Charette condamnèrent Marigny, Sapinaud, qui était son ami, se refusa à signer ce cruel arrêt. Toujours porté à concilier les esprits, il fut lui-même faire part à Stofflet des propositions de paix faites à Charette par les commissaires de la convention. Il signa cette paix désastreuse comme général de l'armée du centre, et entra dans Nantes avec Charette. Lorsque les évènements de Quiberon firent reprendre les armes aux royalistes, Sapinaud fit avertir la veille le général républicain, qui était campé avec 3000 hommes à la Croix-de-Mission, proche Mortagne, qu'il l'attaquerait. Le lendemain au matin, il y arriva avec M. de Bejari; le général fut battu et eut quinze cents hommes de tués. Quelques personnes mal instruites avaient cru qu'on avait surpris et égorgé les républicains à Mortagne; c'est une erreur. Les faits sont comme je les cite, et le caractère de loyauté qui distingue M. de Sapinaud, en est la meilleure garantie. Il combattit avec tous les chefs, dirigea son armée par-tout où elle pouvait les aider à vaincre, et leur céda même une partie de son territoire. Il fut toujours ami intime de Charette. Ce général, avant de mourir, lui fit porter par un ami commun les derniers témoignages de son amitié. C'est au combat de Mortagne que Sapinaud prit un jeune colonel d'infanterie, joignant à la plus belle taille la figure la plus attrayante et les talents les plus distingués; le même goût pour la musique et le dessin, et la même douceur de caractère les unirent l'un et l'autre d'une sincère amitié. Sapinaud se livrait à un sentiment si doux, lorsqu'il fut contraint de s'absenter. Un autre officier prisonnier, jaloux du sort de cet intéressant jeune homme, l'accusa pendant l'absence de Sapinaud d'avoir ourdi un complot avec les prisonniers, afin de les délivrer après avoir égorgé les chefs royalistes. Le commandant en second, M. de Fleuriot, crut à cette infâme calomnie; et l'ami de Sapinaud fut fusillé dans les bosquets du château de Beaurepaire, où était le quartier-général. A son retour il fut désolé de ce jugement inique qui privait son roi d'un sujet digne de le servir, et son cœur d'un ami sensible et reconnaissant qu'il avait cru rendre au bonheur. Il épousa, quelques mois avant le 18 fructidor, la fille de Charette; et mon frère épousa Mlle. de Gazelle, parente de ce général. Dans l'hiver de 1814, Sapinaud, pendant trois mois consécutifs, ne cessa d'exhorter les paysans à se préparer à la guerre. Ils devaient recevoir Dieu le dimanche de Pâques, se trouver le lundi au rendez-vous désigné, et le mardi déployer le drapeau blanc aux cris de Vive le roi. Si Sapinaud, pendant l'interrègne, signa la décision contraire à M. Louis de Larochejaquelin, décision prise par M. d'Autichamp et M. de Suzannet, c'est qu'il avait la certitude de ne pouvoir donner un secours efficace à M. de Larochejaquelin; sa division s'obstinant à ne pas entrer dans le marais, et ses soldats désertant chaque jour, il ne lui restait pas 400 hommes. Il vint chercher des renforts à Bazouge et se dirigeait avec eux vers le marais, lorsqu'il apprit à St.-Fulgent la mort glorieuse de M. de Larochejaquelin ; mort que la France regrettera aussi long-temps qu'il y restera des ames sensibles à la gloire, et dont la Vendée serait inconsolable, si elle ne retrouvait dans Auguste de Larochejaquelin les qualités qui lui faisaient chérir ses frères et les ont immortalisés. Sapinaud fut nommé généralissime après la mort de Louis Larochejaquelin. Depuis la paix il a été nommé lieutenant-général, cordon rouge, et inspecteur des gardes nationales de la Vendée. Il espérait enfin trouver le repos et le bonheur dans celui de sa patrie, lorsque la mort de M. le duc de Berry est venue l'en priver pour jamais.

NOUVELLES NOTICES

SUR

LA VENDÉE.

PRÉFACE.

Puissent ces Notices, que j'ai prises en partie dans les manuscrits de ma mère, attirer un hommage à sa mémoire! puissent les ames sensibles qui les liront, demander à Dieu, avec moi, qu'il dédommage, au ciel, celle qui fut si malheureuse sur la terre! J'y joins un voyage de quelques lieues dans la Vendée, où est une lettre de M. Soyer, maréchal-de-camp, et l'entretien d'un vieux paysan, compagnon d'armes du glorieux Henri. M. Castel, auteur du poëme des *Plantes*, m'a dit que cet ouvrage intéresserait, et a loué l'élégie qui est au commencement; j'ose le publier encouragé par un suffrage si flatteur.

L'ÉMIGRÉ

RENTRANT DANS LA VENDÉE,

A LA FIN DE LA PREMIÈRE GUERRE.

O rives de la Sèvre, ô peuple que j'honore,
Je vous revois enfin, mes yeux pourront encore
Saluer vos guerriers et pleurer leur malheur.
Nos aïeux ne sont plus. L'attrait de l'innocence
N'a pu sauver l'enfance;
La jeunesse est tombée au champ de la valeur.

De tous les dons du ciel la jeune vierge ornée
Eût paré leurs lauriers des roses d'hyménée;
Mais à ce doux projet son cœur s'émut en vain;
A leurs nobles efforts a manqué la victoire;
Victimes de la gloire
Leur front ne ceindra point les roses de l'hymen.

Aux lieux qu'ils chérissaient viennent gémir leurs ombres;
Des sons lents et plaintifs sur ces rivages sombres
Pour ces infortunés demandent des tombeaux.
O fleuve si souvent témoin de leur courage,
Est-ce sur ton rivage
Que sont tombés les forts, que sont morts les héros?

Et vous, peuple guerrier, vous qu'enflammait leur zèle,
Cherchez et retrouvez leur dépouille mortelle,
Et donnez un refuge à ces morts généreux.
Là nous verrons verdir les lauriers et les palmes,
Et là nos cœurs plus calmes
S'ouvriront à l'espoir de les revoir aux cieux.

Leurs cendres y seront plus mollement placées;
Leurs mânes consolés, témoins de nos pensées,
Peut-être en nous voyant unis sous ces berceaux,
Mêler à nos regrets leurs combats, leur courage,
Souriront à l'hommage
Que nous leur adressons au-delà des tombeaux.

Des pieux Vendéens l'amour et l'espérance
La croix en cet asyle, enceinte du silence,
A leurs enfants dira : Vivez, mourez comme eux.
Et moi j'irai prier en ce lieu solitaire,
A la tendre lumière
Dont luit l'astre nocturne, ami des malheureux.

NOUVELLES NOTICES

SUR

LA VENDÉE,

FAITES DANS UN VOYAGE, EN 1820.

MORTAGNE.

CETTE ville, dont le marquis de Mortagne était seigneur avant la révolution, était une des plus agréables et des plus fortes de la Vendée. On y arrive de la Bretagne et de l'Anjou par deux grandes routes qui subsistent encore. Placée entre Chollet, Chatillon et Les Herbiers, proche de Montaigu, de Pousauges et de Clisson, elle était avant nos malheurs aussi bien habitée que Fontenay, et beaucoup mieux bâtie. Il existait alors une grande union entre ses habitants; elle était le prix d'une bienfaisance réciproque; et la reconnaissance, qui est le lien des cœurs, en prolongeait la durée. Aussi Mortagne a été moins révolutionnaire que les autres villes de la Vendée. Les maisons élevées sur les côtés de la montagne où elle est placée étaient ornées de terrasses et de jardins qui se prolongeaient en pente jusqu'à la Sèvre. Au centre, et à côté de l'église, était un vaste et bel édifice appartenant aux Bénédictins; leur fortune était celle des pauvres;

leur instruction et leur politesse faisaient le charme de la société. Les sœurs de la sagesse établies à St-Laurent avaient aussi une communauté à Mortagne. Elles étaient les amies du pauvre et du malheureux, et les tendres soins qu'elles leur donnaient ne les empêchaient point de veiller à l'éducation des jeunes demoiselles qui leur étaient confiées. Ces jeunes plantes, cultivées par elles, ont produit des fruits glorieux; les enfants issus de leur mariage ont compté parmi les braves. A l'extrémité de la ville étaient deux places, l'une à côté de l'autre; l'une embellie par une promenade plantée de vieux ormeaux; l'autre entourée de remparts antiques et tapissés de lierre, qui s'étendait jusqu'au château; on y découvre un horizon immense; les collines qui le terminent y sont entourées de vapeurs bleuâtres et transparentes, dont le reflet répand sur le paysage une teinte azurée de la plus douce couleur. Le lever et le coucher du soleil y sont, je crois, plus beaux que sur les autres montagnes. Plusieurs gentilshommes riches habitaient cette ville; l'hiver ils réunissaient chez eux la noblesse du voisinage, chez qui ils se rassemblaient ensuite. Les autres villes de la province vivaient dans un accord aussi parfait avec les gentilshommes des campagnes. La chasse, la danse, la musique, des jeux modérés, des sentiments tendres et constants qui devenaient la source d'heureux mariages, occupaient les loisirs de ces douces réunions; ces mœurs étaient celles de tout le bas Poitou. L'hiver dans cette heureuse contrée était une fête continuelle; l'ambition n'en troublait point les plaisirs; la guerre seule pouvait engager les Poitevins à continuer le service après l'âge de 43 à 44 ans; ils en revenaient un peu moins riches; mais un titre flatteur, une croix de St-Louis, les dédommageaient de cette perte; l'honneur et la religion étaient tout pour eux; aussi leur vie était utile et agréable aux hommes, et leur mort précieuse devant Dieu. Ils n'ont pas eu d'historiens; mais les malheurs et les exploits de leurs fils sont une des plus touchantes parties de l'histoire de notre temps.

Mortagne, si florissante pendant les six premiers mois de la guerre, n'offre plus aux regards qu'un amas de ruines d'où s'élèvent quelques maisons récemment bâties. Bonaparte a fait construire au bas de la ville un pont sur la Sèvre, que les connaisseurs admirent. Son aspect moderne contraste avec les ruines d'une vieille chapelle qui sont derrière l'endroit où il est bâti, et celles du château qui dominent la rivière. Le bruit des flots sans cesse brisés par les rochers se prolonge en sons lugubres au milieu de ces ruines et en accroît la tristesse; le Vendéen pieux croit entendre sur ces bords les ombres de ses proches lui demander des prières. La population de Mortagne était, avant la révolution, de 1600 ames, elle est réduite à 1000. Cette ville a joué un rôle trop marquant pendant la guerre vendéenne pour ne pas en parler; je vais tâcher de le retracer, en analysant le manuscrit de ma mère, qui l'habitait alors. « Mortagne, dit-elle, étant assise sur une éminence, ayant trois places dans son enceinte, un couvent, un château et d'antiques remparts d'où l'on dominait toute la contrée, semblait devoir être le boulevard de la Vendée. M. de Roiran et M. de Bonchamps y envoyaient sans cesse les dépouilles ennemies. Les états-majors remplissaient ma maison aux jours de leur bonheur, et l'enthousiasme excité par la victoire n'était mêlé d'aucune crainte; leur joie était au comble, même au temps où M. Piron, revenu de l'armée de Prusse, triompha de Santerre au combat de Coron, temps où la fortune semblait nous devenir contraire. J'ai vu des femmes se mettre à genoux devant les canons pris sur l'ennemi, que M. Piron envoya à Mortagne, et les embrasser aux cris de *vive le roi!* Je ne pus retenir mes larmes en pensant aux revers qui nous menaçaient.

« M. Piron, si justement renommé par sa valeur et son habileté, dut ce triomphe à un paysan de la Salle-de-Vié. Cet homme agreste, marguillier de sa paroisse, quoiqu'il ne sût ni lire ni écrire, connaissait mieux que personne jusqu'à 5 ou 6 lieues à la ronde, les collines, les ruisseaux et les sentiers détournés; la position des ennemis lui en faisait deviner le nombre et connaître le dessein. M. Piron, dirigé par lui, arriva à Coron sans qu'on se fût aperçu de sa marche; se petite troupe surprit et attaqua la nombreuse armée de Santerre; elle fut complètement battue. Les dépouilles les plus importantes furent envoyées à Mortagne. Le château était alors rempli de bombes, de canons tout neufs, de boulets et de caissons; on y avait aussi renfermé une quantité de fusils. Les souterrains recelaient des barriques de poudre, des ouvriers de toute espèce travaillaient nuit et jour; l'on croyait être dans une place forte. M. Donissan et moi avions tous les jours à dîner les officiers supérieurs; je recevais aussi les royalistes de tout grade; ma maison était sans cesse occupée, aussi a-t-elle été la première brûlée. Tel fut le spectacle qu'offrit Mortagne depuis le mois de mai jusqu'au mois d'octobre. C'est alors que de mauvais esprits indisposèrent M. Charette, qui, sous tous les rapports, avait tenu une conduite admirable. Un personnage important eut de grands torts envers lui, ils l'empêchèrent de se réunir à l'armée qui attaqua Chollet; sa présence eût fixé la victoire, et nous n'aurions point à pleurer tant de victimes innocentes et des généraux dont la mémoire ne mourra jamais. Espérons que

Dieu, touché de leurs malheurs, aura pitié de la France; sa clémence s'est souvent manifestée envers nous et même envers nos ennemis. Je vais le prouver par la scène douloureuse dont j'ai été témoin et qui terminera ce que j'ai à dire sur Mortagne. Elle eut lieu lorsque M. Sapinaud de la Verrie, mon beau-frère, prit 300 hommes du bataillon des vengeurs, et les envoya dans nos prisons; c'était quelques jours après la prise glorieuse de Thouars par MM. de Bonchamp et de Larochejaquelin, noms qui se rattachent à tout ce qui honore notre contrée. Les prisonniers nous arrivèrent à huit heures du soir. Il y avait parmi eux quatre ou cinq prêtres; la honte était peinte sur leurs visages, et leurs yeux égarés n'osaient regarder personne. Je parlai au colonel des vengeurs, M. Monet, jeune homme grand, et bien fait; il était richement habillé, et sa figure, chose extraordinaire, portait l'empreinte d'une extrême douceur. Il devait avoir plus de trente mille livres de rentes; il était l'espoir et l'amour de sa famille qui habitait les environs de St-Mexent. Avec lui était un jeune homme de notre ville, dont le père et la mère ne tardèrent pas à venir me supplier d'implorer sa grace auprès de M. de la Verrie. M. Monet m'écrivit le lendemain la lettre que je joins ici.

« Madame,

« Mon beau-frère, M. Garnier, a dû sa délivrance à « vos bontés; elles me font oser les réclamer, et vous « prier d'avoir pitié de mon sort. Je suis fils unique; « mon père et ma mère, qui m'aiment plus qu'eux-mêmes, « donneraient volontiers leur vie et leur fortune pour « me racheter...... Demandez-leur pour les pauvres une « somme considérable et ils s'empresseront de vous l'en-

« voyer. Vous êtes mère; et si vos enfants éprouvent un « jour les mêmes revers que moi, Dieu leur fera trouver « des ames sensibles qui seront pour eux ce que vous « êtes pour moi.

« Votre serviteur,

« Monet. »

« J'envoyai cette lettre à M. de Cumont, qui commandait dans l'absence de M. de la Verrie, et lui écrivis moi-même pour lui recommander cet infortuné jeune homme. Quoiqu'il fût bien coupable, je désirais qu'on pût lui pardonner; la vue du malheur change la vengeance en pitié. M. de Cumont me répondit que la mort la plus affreuse serait trop douce encore pour un pareil homme. Hélas! dis-je en moi-même, il penserait autrement s'il avait le cœur d'une mère. Je ne savais comment annoncer cette triste nouvelle à ce jeune colonel. Je pris le parti de lui écrire cette lettre.

« Monsieur,

« Je suis au désespoir de ne pouvoir suivre le pen-« chant de mon cœur. Il serait de vous rendre à vos pa-« rents chéris. Oui, monsieur, leur infortune et la vôtre « me font sentir que je suis mère, et que je souhaite « vous en servir; je souhaite vivement, si l'on s'oppose « à ce que je sauve votre corps, pouvoir au moins sau-« ver votre ame. Prenant donc tous les sentiments de « celle qui vous donna le jour, j'oserai vous rappeler « votre conduite, non pour ajouter à votre douleur, « mais pour faire naître votre repentir. Représentez-vous « les mères malheureuses que vous avez privées de leurs « maris; songez au sort de ces veuves éplorées, ne sa-« chant où trouver un abri, et plus inconsolables encore

« par la vue de leurs pauvres petits orphelins. Il en est « une quantité dans cette ville qui demandent votre tête « pour apaiser les cendres de leurs époux et de leurs « enfants. M. Niveleau, jeune homme de cette ville, est « dans la même position. Son père, sa mère et ses sœurs « demandent avec instance leur fils et leur frère; leurs « prières et leurs larmes n'obtiendront rien. Sa mort est « résolue. Jetez-vous, monsieur, entre les bras de Dieu, « Dieu qui seul nous reçoit et nous accueille en père, « quand tout nous abandonne sur la terre. Remerciez-« le de ne vous avoir pas privé de la vie dans un combat. « Il a versé son sang pour vous, versez le vôtre pour lui. « Eh! pourquoi ne lui feriez-vous pas ce sacrifice? il lui « sera précieux et vous ne tarderez pas à en recevoir la « récompense. Encore quelques moments et vous serez « en sa présence; je le prie instamment de vous pardon-« ner, et vous, monsieur, ne m'oubliez pas dans son sé-« jour. Je vous quitte, les larmes aux yeux, et le cœur « percé de douleur. »

« La geolière me dit qu'il avait versé un torrent de larmes en lisant ma lettre. Il faut mourir, lui dit-il, faites-moi venir un prêtre. Dès le soir même il s'examina et se confessa; et le lendemain au matin il se confessa encore. Le prêtre lui apprit, ainsi qu'à ses camarades, qu'ils ne verraient pas la fin de la journée. M. Monet, loin de s'abandonner à l'effroi, sembla reprendre courage. Son espoir en Dieu remplaça la crainte; il fut, quelques heures après, avec le plus grand calme, au supplice. Le royaliste chargé de commander cette expédition en revint navré de tristesse. Comme vous voilà changé! lui dis-je, cela vient de la peine que j'ai éprouvée, me dit-il; j'ai toujours peinte devant mes yeux la mort du colonel Monet. Son supplice m'a fait une impression que je ne puis effacer. Voici ses dernières paroles, il les a adressées à ses compagnons d'infortune :

« Mes amis, il n'est pas de crimes que nous n'ayons com-
« mis ; la mort que nous allons souffrir est trop douce
« pour les expier, et elle nous serait inutile si elle n'était
« accompagnée d'un sincère repentir ; demandons-le au
« Seigneur par l'intercession de sa mère ; et, élevant nos
« cœurs vers lui, disons ensemble un pater et un ave. » Il fit ses prières avec une émotion touchante ; et les ayant achevées il se mit à genoux, baisa la terre, et nous dit après s'être relevé : mes amis, faites votre devoir. Il est tombé mort. Voilà la première fois que je vois fusiller, ce sera la dernière ; j'en suis malade de douleur. »

SAINT-LAURENT.

La nature s'est plu à former dans la Vendée les sites les plus pittoresques ; c'est surtout auprès de St-Laurent et de Mortagne qu'elle les a le plus multipliés. Elle a entassé sur ces campagnes rochers sur rochers ; elle y a ménagé des cascades et creusé des vallées aussi riantes que fécondes ; la Sèvre, qui les arrose, renferme elle-même en son sein une quantité de petites îles, les unes couvertes de gazon, les autres d'arbres variés et fertiles. Lorsque le printemps vient nuancer les paysages par ses couleurs, les animer par ses concerts, et rendre au ciel sa douce sérénité, il est bien impossible au voyageur qu'attirent ces contrées honorables, de ne pas gémir sur les scènes sanglantes dont elles ont été le théâtre. La vue des deux communautés de St-Laurent peut seule adoucir sa douleur par le souvenir de leurs bienfaits pendant la guerre. Le ciel sans doute envoya ces anges consolateurs pour soulager et sauver l'humanité souftrante. Ils ont en France cent maisons à régir. M. de Monfort fut le premier fondateur de ces deux ordres ; il nomma, en 1703, Mlle Trichet, supérieure des Sœurs de la Sagesse ; elle s'y montra, sous le nom de Marie-Louise de Jésus, un modèle de toutes les vertus, et mourut 43 ans après la mort du père Monfort, au même mois, au même jour et à la même heure qu'avait expiré ce saint missionaire. Leurs cendres reposent aux pieds du même autel, dédié à la Sainte Vierge ; et c'est auprès de leurs tombeaux que s'est établi le chef-lieu de la congrégation. Malgré les fléaux de la guerre, la population de St-Laurent s'élève à mille ames ; ce bourg est aussi peuplé qu'avant la révolution. A tant de titres, dignes de la vénération, St-Laurent joint celui d'avoir eu un de ses doyens chargé pendant quelque temps de l'éducation de Louis de Larochejaquelin ; ce vertueux ecclésiastique se nommait Blin. Eh ! qui mieux que son élève a prouvé l'avantage d'une éducation religieuse ?

Ma mère, depuis l'époque funeste où l'armée avait passé la Loire, errait de chaumière en chaumière. Elle crut trouver un peu de repos à St-Laurent, bourg situé auprès de l'ancien château, que venaient de quitter sa fille et son gendre, pour suivre l'armée royaliste. Je vais me borner à analyser son manuscrit, et la laisser elle-même raconter ses malheurs et ceux des Vendéens qui restèrent dans leur contrée.

« A peine étais-je arrivée à St-Laurent, que l'on nous annonça les bleus ; j'allais pour me cacher dans une maison que je connaissais ; mais quelle fut ma frayeur en voyant à la porte seize soldats, tenant chacun un morceau de viande en main, et s'écriant avec force, ouvrez-nous et nous faites du feu ! Je m'offris pour leur faire la cuisine, mais ils refusèrent, en me disant qu'ils avaient trop sujet de se méfier des brigandes. Ce début était de mauvais augure; heureusement ils me prirent pour une pauvre mendiante; les pleurs qui avaient sillonné mes joues, mes fatigues et les lambeaux dont j'étais couverte, me donnaient l'air d'avoir quatre-vingts ans au lieu de cinquante. Quand le soir fut venu, ils nous défendirent de sortir. Je montai avec quatre femmes dans la chambre du commandant, qui était assis auprès du feu, la tête appuyée sur sa main. Un jeune officier nous dit qu'il faudrait nous rendre à Chollet dès le point du jour, sous peine d'être fusillées si nous n'obéissions pas. C'est vous, s'écria-t-il, qui avez causé nos malheurs; sans les femmes la république serait déja établie, aussi vous périrez toutes; sans les femmes, lui répliquai-je, quinze des vôtres auraient été fusillés à St-Laurent; leurs représentations touchèrent les royalistes, et ils consentirent à mettre ces prisonniers sous notre garde; vous voyez que les femmes ne vous ont pas nui. Nous fûmes, d'après son ordre, faire le lit du commandant, qui se hâta d'aller s'y reposer; deux Allemands, dont l'un portait son sac et ses armes, et l'autre la lumière, marchaient devant lui, et le jeune officier lui donnait le bras. Les Allemands, revenus dans notre chambre, se mirent à boire et à fumer; l'officier consentit à nous laisser descendre en bas; il désirait savoir si les brigands étaient à Malièvre; je me bornai à lui apprendre que Malièvre était à trois quarts de lieue de St-Laurent; mais je fus bien étonnée lorsque, après l'avoir regardé plus attentivement, je reconnus en lui un jeune Bénédictin de Mortagne qui avait changé son froc pour un casque. La chambre basse était pleine de soldats, les uns couchés sur des paillasses, les autres jouant aux cartes et riant de bon cœur; quatre d'entre eux, assis auprès du feu, s'entretenaient de Charette. Nous nous étions retirées dans une croisée; une marche de pierre m'y servait à reposer ma tête, et une marmite pleine de cendre à appuyer mon coude. Nous écoutions attentivement; l'un d'eux disait à son camarade: Quand nous aurons tout tué et tout brûlé, Charette viendra à nos trousses et nous fera sauter à son tour; Pourvu, lui répondit l'autre, qu'on ne nous envoie pas à ce maudit endroit qu'on nomme les Quatre-Chemins; car, par tous les diables, il n'est pas possible de les en débusquer; c'est là notre tombeau; la dernière fois que nous y fûmes, il ne revint pas 200 hommes des 4,000 venus de Mortagne; et encore étaient-ils tous blessés. Je cessai de les entendre et je dormis jusqu'à la pointe du jour; mes compagnes d'infortune me témoignèrent leur étonnement de me voir dormir étant si près de la mort; mais elles l'auraient desirée comme moi, si elles avaient eu mes chagrins; heureuse encore s'ils pouvaient fléchir la colère de Dieu! Le commandant était levé, et avait déja ordonné qu'on ouvrît les portes de l'église, afin d'y porter toutes les provisions de blé et de farine, et de les livrer au feu.

« Il y avait vingt-quatre heures que nous n'avions rien pris; une pauvre bonne femme me présenta du pain noir et du beurre; je la refusai d'abord, mais, voyant tout le monde manger, je fis comme les autres. A peine notre repas était-il fini que nous entendîmes un roulement de tambour; c'était un appel aux soldats et aux maires pour que l'on conduisît dans l'église les personnes dénoncées. Je pensai que j'étais perdue s'il y avait à St-Laurent quelques habitants de Mortagne; j'y avais nourri pendant la première guerre jusqu'à trois cents royalistes par jour, et j'avais eu continuellement les chefs à loger. Je restai jusqu'à quatre heures et demie du soir dans cette cruelle inquiétude. Un vieillard, nommé Bremon, avait obtenu la permission de faire conduire son fils dans le jardin; il était fort malade, j'aidai moi-même à l'y transporter. Ah! madame, me dit-il, que je vous ai d'obligation! de grace, ne me quittez pas. Je le priai de ne pas me nommer. Ne craignez rien, me dit-il, je suis prêtre. Au même instant arrivèrent sa mère et sa sœur; elles nous apprirent que l'on commençait à fusiller les hommes et à brûler les maisons; et le bruit des fusils et de l'incendie augmentaient sans cesse, mais des tourbillons de fumée nous dérobaient ce spectacle. Le soleil touchait à son déclin, des nuages épais couvraient l'horizon, et le feu des fusils éclairait seul l'obscurité du soir. Les balles sifflaient dans l'air; je demandai au prêtre l'absolution, et levai ensuite la tête bien haut pour être frappée au front. A ce moment notre effroi s'accrut encore par les jurements affreux d'un soldat qui s'élança vers nous le sabre à la main. Tout le monde tremblait; les flammes s'élevaient de plus en plus, les maisons étaient en feu, et les charpentes embrasées s'écroulaient; au fracas de la chute des tuiles se mêlaient les gémissements des malheureux qui cherchaient à se sauver dans l'ombre, c'était un spectacle digne de l'enfer. Un soldat vint alors m'ôter ma coiffure; je crus que c'en était fait de mes jours, et j'en offrais à Dieu le sacrifice, lorsque ce militaire me quitta pour aller à la sœur du prêtre; il avait vu ses jolis traits à la lueur de l'embrasement; il voulut d'abord éloigner son frère en le frappant, mais elle retint son bras par ces mots: Que faites-vous? il est malade et c'est un prêtre. Eh bien, dit-il, tu paieras pour lui; rends-toi à mes desirs, ou je te tue; heureusement il était ivre. Je m'échappai en appelant la mère de la jeune personne; et, m'éloignant toujours, j'avais passé deux échaliers, lorsque j'entendis un bruit confus, j'écoute...Mon Dieu! n'est-ce point encore des bleus?... J'aperçus enfin que c'étaient des femmes, elles étaient plus de cinquante. Madame de Richeteau me reconnut et m'appela. Nommez-moi la Fortin, lui dis-je. Eh bien la Fortin, les bleus se sont retirés, les brigands les ont surpris, ils sont à leur poursuite. Ils ne sont pas tous partis, lui dis-je, il y en a encore un qui est auprès de la jeune Bremond. A peine avais-je prononcé son nom, que je la vis arriver tout effrayée et sans mouchoir, mais ses longs cheveux lui en servaient, et couvraient entièrement son sein; elle vit enfin arriver sa mère et se jeta dans ses bras en pleurant. Le cri de, Voici les brigands, avait fait prendre la fuite au soldat qui voulait tuer la mère pour avoir défendu sa fille.

« Le jour était près de reparaître, un grand calme régnait dans les airs, tout le monde s'empressait d'éteindre le feu, et d'apporter de l'eau, ce qui était facile, la Sèvre baignant les murs de St-Laurent. La maison des missionnaires et celle des Sœurs n'éprouvèrent aucun dommage; semblables au buisson ardent que Moïse vit dans le désert, elles étaient environnées de flammes et ne brûlaient pas. Nous retournâmes chez Mlle Beaudry; comme elle avait logé le commandant, sa maison fut épargnée. Ce ne fut qu'au matin qu'on aperçut les ravages de l'ennemi. Les rues étaient couvertes de sang et de corps morts. Un pauvre homme qui avait fait aux bleus un charroi, était étendu mort sur le seuil de sa porte; sa femme était évanouie à ses côtés, et son malheureux chien gémissait auprès de lui; ses bœufs s'étaient enfuis en emmenant sa charrette; les vaches, que la peur avait empêchées de rentrer le soir à St-Laurent, étaient revenues avec le jour et mugissaient aux portes des maisons où l'on avait coutume de les traire et de les soigner. O combien ce soir différait des soirées tranquilles où, dans le temps de mon bonheur, j'avais vu descendre, au son des flûtes et des chansons, les troupeaux vers les étables! les femmes, dès que l'angelus sonnait, quittaient leurs quenouilles, et se hâtaient de conduire leurs petits enfants, qu'elles caressaient, au-devant de leurs maris fatigués; ils accouraient se jeter dans les bras de leurs pères, et tous ensemble venaient au temple du Sauveur se mettre sous la protection de la Vierge. Des souvenirs si doux rendent mes maux plus amers encore, par la perte de l'espérance, qui est la vie du cœur.

« Les bleus furent de St-Laurent à la Gaubretière; madame de Boésie, qui était à son château de Landbodière, fut sauvée par un habitant qui la cacha dans un genêt. Ils se dirigèrent ensuite vers la forêt de Beaurepaire, où ils exercèrent les mêmes cruautés. Le 20 février, ils revinrent encore à St-Laurent sur les trois heures après-midi; le cri des corneilles que leur aspect effrayait, et celui des chiens qu'ils envoyaient à la découverte lorsqu'ils n'avaient que quelques lieues à faire, y annoncèrent leur arrivée; les vieillards, les femmes et les jeunes enfants s'éloignaient éplorés. Les Sœurs aux pieds de leurs crucifix, et les missionnaires à l'autel, invoquaient leur Sauveur. Déja les soldats amenaient les victimes, déja l'incendie recommençait, quand un fusil que fit partir, sans le vouloir, un habitant qui se sauvait par-dessus un mur, jeta l'effroi parmi eux... Aux armes, aux armes, s'écrièrent-ils, et voilà qu'ils prennent la fuite de toutes parts; ils avaient cru que c'était l'arrivée des royalistes.

Je partis de St-Laurent, le soir même, accompagnée d'une bonne femme. A peine avions-nous marché l'espace d'un quart de lieue, que nous entendîmes crier :

Rends-toi, brigand, ou tu es mort. Nous nous arrêtâmes attentives à écouter; nulle autre voix n'ayant interrompu le silence, nous reprîmes notre marche et arrivâmes à la chapelle. Madame de la Vincendière, parente de mes enfants, et dont le fils s'est distingué depuis dans les royalistes, vint y passer quelques jours; elle avait gardé les moutons pendant trois semaines; mais les bleus la forcèrent de s'enfuir, en brûlant la ferme où elle était cachée, et tuant les fermiers.

« Le fils de mon hôtesse, qui servait avec Stofflet, venait d'obtenir un congé. Il nous apprit que son général avait battu les bleus à la Tour le jour du mardi gras, et que sa troupe et lui avaient mangé le festin qu'avaient préparé les républicains. Il nous dit aussi comment Stofflet avait fait transporter les barriques de vin et d'eau-de-vie qu'il avait prises, et établi dans la forêt de Vezin un hôpital pour les blessés. Des femmes lavaient leur linge et faisaient des charpies; des prêtres étaient chargés de les administrer. Une garde vigilante et deux pièces de canon étaient placées à la porte de l'hôpital. Le général avait fait construire des moulins pour moudre le blé, et des cabanes avaient été faites par ses ordres pour les ouvriers qu'il employait. Ce général, aussi actif dans le repos que courageux dans le combat, pourvoyait à tout; ses soldats le voyaient toujours au plus fort des dangers; mais il se montrait inexorable pour ceux qui manquaient de valeur ou qui se livraient au pillage après la victoire. Ce jeune homme quitta sa mère à l'expiration de son congé; il lui fit de tendres adieux qu'elle parut recevoir avec calme, ce ne fut que quand il se fut éloigné qu'elle donna cours à ses larmes. Il me tient lieu de tout, me disait-elle; s'il meurt, je ne lui survivrai pas.

Les trois chefs royalistes avaient fait leur jonction;

les bleus croyaient que l'armée royaliste était de vingt mille hommes, elle n'allait pas au-delà de deux mille. Cependant l'ennemi vint à Mortagne accompagné des réfugiés patriotes; il y construisit des fortifications et voulut en construire à Chollet; mais Stofflet et Marigny interrompirent ces travaux et chassèrent les bleus de la ville, où ils entrèrent vainqueurs. Les républicains s'en vengèrent en livrant au feu tous les moulins de la contrée; sans ceux que Stofflet avait fait faire dans la forêt de Vezin, les royalistes fussent morts de faim. Sapinaud et Marigny, qui avaient d'abord éprouvé un échec, revinrent assiéger Mortagne. Tout était disposé pour l'attaque, le succès paraissait certain, lorsque l'ennemi, à la faveur de la nuit, évacua la ville, où les royalistes entrèrent dans les premiers jours de mars.

« Les bleus à cette époque tuèrent la jeune demoiselle de Marmande, dans une incursion faite à St-Laurent, et firent mourir Mlle de Beaudri dans les flammes, en mettant le feu à son appartement. Mes deux servantes, qui avaient été long-tems séparées de moi, vinrent me retrouver à la Chapelle; elles m'apprirent que les brûleurs s'avançaient. Je quittai avec regret ma bienfaisante hôtesse, et je me dirigeai vers Treizevent. Charette vint s'opposer aux ravages des brûleurs; mais en sauvant les campagnes il prenait aux paysans le peu de subsistances qu'ils avaient, aussi appelait-on ses soldats les moutons noirs. Vainqueur ou vaincu le peuple des chaumières était victime des combats, et ses malheurs égalaient son courage et sa fidélité. Charette, qui m'était attaché, me fit dire de me retirer à Château-Mur; je passai par Moulins en m'y rendant; jamais endroit ne fut mieux nommé; il faudrait qu'il n'y eût pas le moindre zéphyr pour qu'un moulin n'y tournât pas. Arrivée à Château-

Mur je respirai un peu de mes longues et pénibles fatigues. J'y étais depuis trois semaines quand M. de Marigny, sans que je m'y attendisse, entra chez moi pâle et défait; je crus qu'il lui était arrivé quelque malheur, et j'eus une grande inquiétude. « Ah! madame, me « dit-il en m'embrassant, je ne vous croyais plus de ce « monde, et le bruit de votre mort m'a fait répandre « bien des larmes; j'ai eu de grands torts avec vous, « je viens vous en demander pardon. (M. de Marigny, avait mis à Mortagne, malgré moi, ses chevaux dans mes écuries, qui étaient entièrement occupées par ceux des autres officiers royalistes. Je l'avais bien oublié.) « Pourquoi n'avons-nous pas suivi vos conseils, nous « n'aurions pas passé la Loire? Pourquoi, après l'avoir « passée, ne sommes-nous pas rentrés dans la Vendée, « quand nous avons été vainqueurs, à Laval, des pri- « sonniers de Mayence? Je ne serais pas à la veille de la « mort. J'ai toute ma vie été victime de ma vivacité et « j'ai fait bien des fautes; celle que je viens de commettre « me sera funeste. Nous nous étions rassemblés à Jalais, « où nous avions pris la résolution de ne rien entre- « prendre sans le concours des trois armées. Nous avions « même juré, sous peine de mort, si nous n'obéis- « sions pas, de nous soumettre à Charette dans tout ce « qu'il nous commanderait pour détruire les brûleurs. « L'on convint du jour où l'on attaquerait, et l'on régla « la marche que l'on devait suivre. Le lieu du rendez- « vous était indiqué, nous devions nous y réunir à la « même heure, et tous ensemble entourer les brûleurs « et fondre sur eux au même instant. Après mon départ « je rencontrai sur la route un petit bourg ou l'on ven- « dait d'excellent vin; nous en bûmes beaucoup trop. « J'avais quelques fermes auprès de Cerisais, qui avaient

« échappé à l'incendie; mes officiers qui en étaient, et « qui avaient leurs propriétés auprès de ce bourg, me « proposèrent d'y aller. Selon eux ce parti était préfé-« rable à celui de se réunir aux autres divisions et de « marcher vers Coron, où aucune maison, pas même la « plus pauvre chaumière, n'avait pu se soustraire à l'in-« cendie. Animé par le vin, je me laissai aller à leurs con-« seils et je fus infidèle à mes serments. Stofflet et Cha-« rette ont jugé ma conduite digne de mort. Sans moi, « ont-ils dit, les brûleurs n'auraient pu se sauver, et ils « ne devaient leur vie qu'à ma désobéissance. Il a été dé-« cidé que je serais jugé par un conseil de guerre, et « l'on m'a condamné à être fusillé. Ce Stofflet est un « cheval, c'est un homme de rien; Charette a paru « moins courroucé; Sapinaud seul m'a plaint. » Il peut se faire que Stofflet ne soit de rien, lui répondis-je, avouez cependant qu'il est digne de commander; écrivez à Charette; quant à Sapinaud, vous n'avez rien à redouter; il me fit des adieux bien tristes, et mon cœur partageait toutes ses alarmes. Dès le lendemain, Charette envoya deux courriers à Château-Mur; ils venaient s'informer de ce que pouvait être devenu M. de Marigny; ils me demandèrent si je ne l'avais pas vu, je répondis que non, et que j'ignorais où il était... Quelques jours après, l'avant-garde des brigands arriva à Château-Mur; ils furent pris pour des bleus, l'effroi était général, quand tout-à-coup l'on s'écria: Ce sont les brigands! et toutes les femmes se mirent à rire. L'armée ne tarda pas à suivre le corps qui l'avait devancée. MM. Fleuriot et Charette vinrent me voir; je profitai de l'attachement que m'avait toujours témoigné Charette, pour obtenir la grace de M. de Marigny; il me la promit, mais il oublia bientôt ses promesses. M. de Marigny fut même obligé de s'éloigner des limites de la contrée que commandait M. Charette; il se retira auprès de ses foyers paternels; le chagrin l'y accompagna, il tomba gravement malade; les paysans de Cerisais, dont il était adoré, venaient sans cesse demander de ses nouvelles. Sa force et son courage triomphèrent; sa convalescence causa une joie égale à la douleur qu'avait produite sa maladie, et il commençait à en jouir, lorsque Stofflet le fit arrêter par ses chasseurs, et se montra inexorable. Ah! comment put-il se résoudre à priver le roi d'un sujet si dévoué, et sa patrie d'un de ses plus vaillants défenseurs?

« Charette, autrefois si humble et si modeste, était méconnaissable. Son chapeau était chargé de plumes, sa cravate garnie en dentelles, ses vêtements violets brodés en soie verte et en argent, et plusieurs femmes jeunes et jolies formaient son cortège. Dans la première guerre il avait offert le modèle de toutes les vertus, et surtout celui d'une piété exemplaire; souvent même on disait, au retour du lundi: Voici le jour du triomphe de Charette: il avait à pareil jour, après avoir fait dire beaucoup de messes, obtenu une victoire complète aux Quatre-Chemins.

« L'arrière-garde de ce général était moins brillante que l'avant-garde. Il s'y joignait une quantité de femmes venues des marais, qui avaient échappé aux flammes et au glaive destructeur. La plupart étaient nu-pieds et couvertes de lambeaux ainsi que leurs petits enfants; leurs maris avaient été tués, leurs chaumières brûlées; l'avenir ne leur offrait aucun espoir, et elles n'avaient d'autre refuge qu'une armée qui d'un moment à l'autre pouvait être la proie de l'ennemi. Elles me faisaient grand' pitié; peut-être, me disais-je, est-ce le sort de ma pauvre fille, si elle vit encore. Le peu de repos que j'avais goûté à Château-Mur disparut bientôt; les bleus y revinrent à la Pentecôte. Une foule d'habitants le quittèrent avec moi, avant leur arrivée; elle fut suivie d'un grand deuil. Les malheureuses mères menaient avec elles leurs plus chers trésors, leurs petites familles qui avaient peine à les suivre et jetaient les hauts cris; d'autres avaient leurs enfants dans leurs bras; et ces pauvres petits, trop enfants pour connaître leur sort et l'affliction de leurs mères, répondaient par un sourire à leurs tendres caresses. Mes servantes et moi, vêtues en paysannes, avions dans nos bissacs du pain noir et du beurre que nous partagions avec ces infortunées. Qu'on se rappelle les scènes désastreuses de St-Laurent et celles que je peins ici, se renouvelant sans cesse dans la Vendée; que l'on joigne à ces revers les regrets des objets chéris dont on pleurait la mort, et ceux presque aussi amers des parents que l'émigration avait forcés de quitter leurs foyers. Que l'on se retrace les douleurs que cause l'espérance trompée dans ses vœux les plus chers, et l'on n'aura encore qu'une faible idée de nos malheurs. J'appris que l'on était plus tranquille à St-Laurent, où mon cœur m'attirait toujours, et je pus enfin me retirer à la Barbinière; mais quels chagrins n'eus-je pas en entrant dans ces appartements vides où j'avais si souvent embrassé ma fille et ses petits enfants!

« Charette dans plusieurs combats avait eu des succès qui tenaient du prodige. Le moment où on le disait détruit était celui où il reparaissait avec plus d'audace; son nom était devenu la terreur d'un ennemi six fois plus nombreux que lui; après l'avoir fatigué et affaibli, il le força à s'éloigner, et se retira dans la forêt Grâlins. Son premier soin fut de pourvoir à la nourriture de sa troupe; à sa voix s'élevèrent une multitude de moulins; c'étaient des barriques, au fond desquelles on plaçait des pierres larges et solides; on les avait creusées auparavant; et une espèce de pilon qu'un homme faisait tourner au milieu, réduisait en farine le blé qu'on y mettait, mais l'on ne pouvait en moudre que deux boisseaux par jour. Les femmes rivalisaient avec les hommes pour le travail et employaient des piles de bois pour écraser le blé, c'était leur principale occupation pendantle jour; le soir elles endormaient leurs enfants, et, après les avoir couchés, travaillaient, à la lueur des chandelles de résine, à réparer les vêtements usés par la guerre. S'il survenait quelque alarme, elles abandonnaient tout pour leurs enfants, et, les prenant dans leurs bras, les tenaient pressés contre leur sein jusqu'au moment où le calme renaissait.

« Leurs mains avaient construit de petites huttes pour elles et leurs petites familles, et, à côté, de petites cabanes pour leurs vaches; ils les changeaient souvent de place, pour éviter les aspics qui s'y introduisaient malgré leur vigilance. L'odeur du lait que les femmes faisaient chauffer pour en avoir la crème, attirait sans cesse ces animaux si communs dans la Vendée. Une couturière, qui vint me voir à la Barbinière, avait passé trois mois dans cette forêt; elle m'assura en avoir vu plusieurs fois jusqu'à six autour des vases où le lait avait été versé; cependant elle n'avait jamais entendu dire que personne en eût été mordu.

« Les bleus, sur la fin de juin, marchèrent contre Sapinaud, dont le quartier-général était à Beaurepaire. Charette, qui en avait été instruit, vint à son secours et réunit sa troupe à la sienne. L'ennemi, quoique bien plus nombreux, fut complètement battu; sa déroute fut si grande, que les fuyards vinrent du côté de St-Laurent et de la Barbinière, au lieu de se diriger vers Montaigu. Je vis plusieurs soldats qu'on avait arrachés malgré eux de leur foyer, et qui étaient désespérés d'être au service de tyrans monstrueux bien plus occupés de leur fortune que du bonheur de la France. »

J'ose ici interrompre ma mère pour avertir le lecteur que cette réflexion est souvent répétée dans ce qu'elle a écrit sur la Vendée. C'est à ce sujet que je fis la strophe suivante que j'eusse désiré pouvoir insérer dans les élégies vendéennes.

> Je n'accuserai point de tant d'horribles scènes
> Les guerriers qu'on força de combattre en nos plaines ;
> Non, de lâches tyrans seuls ont causé nos maux.
> De ces cœurs inhumains les poignards sont les armes,
> Leur breuvage nos larmes,
> Leurs lois et leur système un horrible chaos.

Mais je vais laisser ma mère continuer son récit : « Je tombai malade sur ces entrefaites ; et, malgré mes chagrins, la convalescence ne tarda pas à se faire sentir. C'est à cette époque que M. Béjary, qui arrivait d'Ancenis, vint me faire une visite ; il m'apprit qu'il avait été blessé grièvement à la bataille du Mans ; on l'avait jeté, me dit-il, dans une charrette où il y avait plusieurs mourants que l'on conduisait du côté de la Flèche. Ces infortunés expirèrent de fatigue et de douleur, à quelques lieues de Sablé. L'homme qui les conduisait s'étant montré sensible à leur malheur, M. de Béjary le conjura de le laisser descendre de la charrette ; comme il n'y avait pas de témoins, le voiturier le lui permit. Il fut en se traînant se cacher dans un champ auprès de Sablé ; là, épuisé de fatigue et du sang qu'il avait répandu, il aperçut une bergère qui conduisait son troupeau; et, trop faible pour aller vers elle, il lui tendit les mains en la suppliant de venir à son secours, mais elle s'éloigna aussitôt; il crut qu'elle avait été effrayée, car il avait l'air d'un habitant des tombeaux. Quelle fut sa surprise lorsqu'il la vit revenir avec deux paysans! ils le levèrent doucement de l'endroit où il était étendu, et le portèrent dans leurs bras jusqu'à leur métairie; ils nettoyèrent un toit à cochon pour l'y coucher; et, après y avoir mis de la paille, ils y placèrent des matelas, et le mirent dessus le plus mollement qu'ils purent. Leurs femmes pansaient régulièrement ses blessures. Quand les bleus s'approchaient de la ferme, elles conduisaient leurs cochons dans le toit et mettaient devant la porte un amas de chaume. Des soins aussi assidus et aussi bienfaisants hâtèrent sa guérison, et il fut bientôt dans le cas de partir. Il acheta alors de ses hôtes un habit de paysan, et les quitta après les avoir payés généreusement avec des assignats qu'il avait été assez heureux de conserver sur lui; il arriva dans ce costume agreste à Amenis, d'où il se rendit sain et sauf à l'armée du centre.

« Il me dit que ma fille et M. du Veau de Chavagne, son mari, étaient cachés dans une ferme auprès d'Ancenis; cette nouvelle consolante, mais trompeuse, mieux que le meilleur médecin me rendit la santé et le repos. Beaucoup de bleus, à cette époque, eurent l'ordre de marcher aux frontières; notre contrée, soulagée de ce fardeau, respira un peu de ses longues fatigues.

« Stofflet et Bernier avaient leur quartier-général à Nevi, au château de la Maurosière; ils y tenaient une bonne table et recevaient de toutes parts les hommages des campagnes voisines. Les dames venaient les y voir dans leurs plus belles robes ; celles du moins qu'elles avaient pu soustraire aux ravages de la guerre.

« Charette, et quel put être son motif, je l'ignore; Charette après être convenu avec Stofflet, d'employer pour 400,000 francs d'assignats, s'opposa quelque temps après à leur circulation. Ce fut un des principaux sujets de la discorde qui ne tarda pas à éclater entre eux.

« Sapinaud voulait que Mortagne, St-Christophe et St-Hilaire marchassent sous ses ordres ; son oncle, le chevalier Sapinaud de la Verrie, avait eu sous lui ces paroisses avant la nomination d'un généralissime, et par cette raison elles devaient, disait-il, lui être soumises; je le fis consentir à se désister de cette prétention, et à imiter son oncle qui préférait l'amour des Vendéens à l'autorité qu'il avait sur eux. L'ennemi, que l'envoi de ses troupes aux frontières affaiblissait de plus en plus, eut l'art de faire consentir à un traité de paix Charette et Sapinaud. Ce traité fut signé à la Jaunais. Charette, quoique Sapinaud l'en eût prié, n'en fit point avertir Stofflet ; celui-ci, irrité de ce procédé, marcha contre Sapinaud, absent alors du Sourdi, qui était la demeure de ses pères. Il lui enleva ses chevaux et tout ce qu'il put emporter de sa maison. Delaunay, à la même époque, déserta le parti de Charette.

« Stofflet, pressé de toutes parts par les troupes républicaines, finit aussi par faire la paix avec eux. Les généraux ennemis lui montraient beaucoup d'égards ; on les vit même faire des parties de chasse avec lui. Les conditions de leur traité avec Charette et Sapinaud étaient au contraire fort mal observées ; et les royalistes eussent été obligés de reprendre les armes, quand même la descente de Quiberon n'aurait pas eu lieu. »

Ma mère ne dit plus rien dans ses Mémoires, qui n'ait été écrit dans les Annales de nos glorieuses infortunes, ouvrages où madame la marquise de Larochejaquelain, MM. de Châteaubriant, de Bonchamp et Genould, se sont acquis des droits à la reconnaissance de la Vendée. Elle gémit sur cette paix insidieuse où les commissaires de la convention abusèrent du desir ardent qu'avaient les Vendéens de rendre le bonheur à leur patrie; pour elle seule ils avaient desiré vaincre ou mourir. Français fidèles et dévoués, ils souhaitaient contribuer au retour de leur roi et à la paix de ses sujets, ils ne s'armèrent que contre les factieux et les régicides.

Cette paix éphémère dura peu de jours, Charette et Stofflet rentrèrent dans la carrière des combats; mais que pouvait leur valeur contre la trahison et le grand nombre de leurs ennemis? après s'être défendus jusqu'au dernier moment, ils furent contraints de céder à la force. Ils furent surpris en enveloppés par l'ennemi, Stofflet en Anjou, et Charette et Bretagne. Ce dernier fut pris dans un bois auprès de la Chabautière; blessé à la tête et épuisé de fatigue, il s'appuyait sur deux jeunes paysans; mais ce dernier soutien de la fidélité lui fut ravi par deux coups de fusil qui étendirent morts à ses pieds ces généreux soldats, et il se vit sans espoir prisonnier de Travaux.

Stofflet et lui avaient assisté à plus de 150 combats et avaient souvent été vainqueurs de ceux qui avaient tout vaincu excepté la Vendée. Ils vécurent l'un et l'autre avec la même gloire, et moururent avec le même calme; Stofflet à Angers, le 23 février 1796, et Charette à Nantes un mois et demi après.

Le nom de Dieu et celui du roi les consolèrent jusqu'à leur dernière heure, et leurs lèvres les prononçaient encore lorsqu'ils tombèrent sous les coups meurtriers. La veste de Charette fut vendue 600 francs ; et la terreur qu'il avait répandue était encore si grande, que les révolutionnaires des campagnes demandèrent qu'on exhumât son corps pour s'assurer qu'il n'était plus. Ces guerriers, si redoutés des ennemis du trône, surent inspirer l'amitié la plus tendre et la plus généreuse. Stofflet vit le jeune Allemand qu'il avait choisi pour être son aide-de-camp, désirer le sauver par sa mort, et, ne pouvant avoir cet avantage, se trouver heureux de partager son sort.

Un soldat de la même nation n'abandonnait jamais Charette. Le voyant près d'être pris, il se couvrit du chapeau et de la veste de ce général, et, désireux de mourir pour lui et de lui donner le temps de s'éloigner, il fut s'exposer au feu des républicains; mais ils le laissèrent, sans lui faire aucun mal, après avoir reconnu que ce n'était pas Charette. Désolé de n'avoir pu réussir, il fut mourir au champ-d'honneur.

Que l'on compare maintenant Bonaparte, demandant grace au vainqueur et allant cacher sa honte aux terres étrangères, avec Stofflet et Charette, aussi calmes dans les fers qu'aux jours de leur triomphe, et préférant l'un et l'autre l'infortune et la mort dans leur contrée, à la paix et aux richesses qu'on leur offrait en Angleterre, et tous deux gardant une ame invaincue jusqu'au dernier soupir; que l'on compare, dis-je, cet étranger avec ces deux Français, et que l'on juge s'il a mieux aimé qu'eux sa patrie, et mieux mérité son amour.

VOYAGE

FAIT DANS LA VENDÉE EN 1820.

L'ÉTRANGER, dans cette noble contrée, peut acquérir beaucoup d'instruction sans parcourir beaucoup de terrain; l'on y voit dans les enfants ce qu'ont été leurs pères; et le peu de Vendéens qui ont survécu à leurs malheurs en sont les plus touchants historiens.

A peine trente ans se sont écoulés, et déja la Vendée s'est renouvelée trois fois, mais toujours avec le même attachement pour son culte, le même amour pour ses rois, le même zèle pour l'honneur. Ce sont toujours les dignes fils de ces braves, qui, en août 1792, ne demandaient d'autres faveurs de leurs ennemis que celle d'être après leur mort couverts d'un peu de terre, afin d'échapper à la voracité des animaux; toujours les nobles émules de ce paysan de la Rairie, qui, sortant du combat la tête entr'ouverte d'un coup de sabre et inondée de sang, disait aux jeunes vendéennes qui pleuraient en pansant ses plaies : *Mes bonnes demoiselles, cela n'est rien, Jésus-Christ a souffert bien davantage.*

Si, dans la campagne au-delà de la Loire, l'on vit M. le Maignan, octogénaire, M. Destouches, beau-père de la sœur du général Sapinaud, combattre dans les rangs à l'âge de 90 ans, quoique ce dernier fût chef d'escadre et cordon rouge; l'on vit aussi, m'a dit M. de

Sapinaud, dans la campagne des cent-jours, deux paysans plus âgés encore demander instamment à partager les dangers de la jeunesse.

Si, dans la première guerre, des prodiges de courage illustrèrent, avec les noms les plus célèbres, ceux des Duperat, des Forestiers, des Cadi, des Saint-Hubert, M. Eugène de Beauveau n'a pas moins honoré le sien à la bataille de la Roche-Servière; traversé d'un coup de feu, il continua à défendre le poste qu'on lui avait confié. Si le trait de bravoure de Toussaint, fermier de M. Soyer, trait que j'ai déja cité, et que M. Soyer retrace dans la lettre que je joins à la fin de ma notice, a excité l'étonnement, celui que M. Duveau de Chauvagne m'a rapporté n'est pas moins admirable : six paysans, surpris dans un détour proche la Roche-Servière, par six impériaux, les attaquent avec intrépidité, donnent et reçoivent des coups mortels, et tombent morts avec eux sur la même place. La conformité de ce trait avec celui que rappelle la guerre entre David et Isboseth est frappante : Que notre jeunesse, dit Abner à Joab, combatte devant nous à outrance : aussitôt on en choisit douze de la tribu de Benjamin du côté d'Isboseth, et douze du côté de David; en ce moment ils s'approchent, chacun d'eux prit la tête de son ennemi, et ils tombèrent morts en même temps; ce champ fut nommé le champ des forts en Gabaon. Il n'en est aucun dans la Vendée, qui ne méritât ce nom, aucun qui n'ait été rougi du sang des braves.

Le jugement de ce peuple héroïque n'est pas inférieur à son courage. C'est un paysan de la Vendée qui disait en gémissant sur la conscription : cet empereur se croit le Dieu de la terre; mais le Dieu à qui elle appartient voulut mourir pour le salut de tous, l'empereur, au contraire, voudrait que tous mourussent pour lui.

C'est sous le toit champêtre du paysan, et non sous celui de l'habitant des villes que le voyageur apprend à connaître ce peuple religieux et guerrier; il n'est point de chaumière où ceux qui l'habitent ne puissent dire: l'ennemi a mis sa main cruelle sur tout ce que nous avions de plus cher; il n'en est point où l'on ne voie en entrant le portrait du Sauveur et celui du roi; souvent, il n'y a que ces images à garder leur demeure pendant le temps de leurs travaux.

Leur mise est aussi simple que leurs mœurs. De gros souliers, un pantalon rayé, un gilet blanc qui se croise et une veste bleue tissue avec la laine de leurs moutons, un grand chapeau rond sur leur tête, et de longs cheveux tombant sur leurs épaules, sont la toilette du dimanche. Les femmes, revêtues des mêmes étoffes, ont des bonnets élevés et plissés, leurs habillements prennent bien à leur taille et sont fort propres, et leur toilette est assortie à leurs traits. Leur phisionomie est agréable, leur maintien exprime la modestie. Lorsqu'elles vont à la messe ou chez leurs maîtres elles sont enveloppées dans une grande mante noire, dont le capuchon leur cache un peu la figure. Les hommes ne sont pas grands, mais ils sont bien faits; ils sont forts, nerveux et remplis d'adresse. Leur langage est bref et harmonieux; ils se servent souvent de comparaisons qui peignent bien leur pensée; la conduite de leurs aïeux est en toutes choses leur règle et leur modèle. Les acquéreurs nationaux sont contraints d'avoir des fermiers royalistes, ils n'en trouveraient pas d'autres. Ce n'est pas le peuple des chaumières qui a nommé MM. Manuel et Bignon députés. Les mœurs, le costume et le langage de ce peuple religieux, diffèrent entièrement de ce que l'on voit dans les villes; l'on pourra s'en convaincre par mon voyage de

St-Laurent à Angers, que je vais retracer ici, avec les souvenirs que chaque endroit m'a rappelés; j'y ferai mention de plusieurs évènements dont nos historiens n'ont pas parlé.

La Barbinière d'où je partis vers la fin de juillet 1820, appartient depuis long-temps à MM. Duveau de Chavagne; elle est placée sur une éminence d'où l'on découvre St-Laurent qui est à ses pieds, et vers les extrémités de l'horizon, les environs de Châtillon, de Chollet et de Mortagne; la Sèvre coule au bas de la colline et l'entoure de ses flots; l'on y descend du côté du labyrinthe, par des allées prolongées dans les bois, jusqu'à un moulin qui est vis à vis l'embouchure de l'Oin; en suivant la pente opposée qui commence au jardin, l'on vient par un chemin ombragé de vieux arbres à un petit pont élevé au-dessus de plusieurs cascades, sur lequel on traverse un des bras de la Sèvre; là, son cours est sans cesse brisé par des rochers tapissés de mousse et placés comme seraient des boules jetées les unes à côté des autres; l'eau y prend une teinte lugubre, ses bords y sont plus arides, et quelques arbres isolés et d'un feuillage triste les couvrent seuls de leur ombrage. Lorsque l'hiver y précipite les torrents qui coulent des collines environnantes, qu'au fracas des flots bouillonnant entre les pierres, se joint le bruit des vents et des moulins à papier, dont un grand nombre borde la Sèvre, le voyageur croit voir se réaliser ce que l'on raconte du Styx et de l'Achéron; le pont même dont j'ai parlé, et, au-dessus duquel se trouvent deux ruines de maisons, couvertes de lierre, est nommé l'enfer: un pareil paysage se prolonge jusqu'à Mortagne. Je quittai la Barbinière un jour de fête, et je me séparai à regret de M. Duveau de Chavagne; son malheureux sort l'avait fait orphelin dès le berceau : son père fut tué les armes à la main au combat de Savenay; et sa mère, qui était ma sœur, fut noyée à Nantes. Un officier lui promit de la sauver si elle consentait à l'épouser. Non, dit-elle, j'ai juré de n'aimer qu'un seul mari; le mien est sans doute mort pour son roi, je n'aspire plus qu'à le rejoindre; reconnaissant alors un enfant de douze ans qui était de Mortagne, elle lui donna un louis qu'elle avait caché, et fut subir son sort sans proférer la moindre plainte.

Son fils a hérité de ses sentiments; quoique très-jeune et marié avec sa cousine germaine, Pauline de Sapinaud, il fut aux cent jours un des premiers au rendez-vous des Vendéens fidèles. M. Duveau et toute sa famille avec lui croyaient que sa sœur, âgée de cinq ans, avait succombé en 1793 à deux maladies mortelles, la petite vérole et la dyssenterie, maladies qui étaient une suite des fatigues qu'elle avait éprouvées en suivant sa mère. La cour royale d'Angers lui a prouvé le contraire en 1818, et a décidé qu'une demoiselle, nommée Clémentine, était Mlle Duveau. Ma mère, quoique très-religieuse et très-tendre, n'a pu la reconnaître volontairement pour sa petite-fille, et jamais mère n'a plus désiré retrouver son enfant.

J'avais pris pour m'accompagner jusqu'à Angers, un paysan qui n'avait d'autres trésors que sa fidélité et six enfants fort pauvres; il avait pourtant fait toutes les campagnes de la Vendée. Nous étions à peine sortis de la cour de la Barbinière qu'il me dit : Monsieur, vous voyez bien ce portail, eh bien! c'est là qu'on a assassiné, après le départ de votre sœur, vingt personnes qui étaient venues se réfugier au château; aussi l'a-t-on appelé *la Porte des Martyrs.*

Dans cette futaie qui borde la route de St-Laurent, une jeune paysanne a donné un coup de fuseau garni d'une thie à un bleu qui voulait l'outrager; blessé mortellement auprès du cœur, il se retira en mettant la main sur sa plaie, et fut mourir à St-Laurent.

Nous laissâmes sur la droite les genets où s'était réfugié M. Joly. Ils s'élèvent dans la Vendée à une hauteur considérable, et lorsque leurs fleurs dorées s'épanouissent, ils sont une des belles décorations de nos paysages; l'hiver même, ils les embellissent encore par le contraste qu'offre leur verdure avec les graines vermeilles des houx qui en forment les haies; ils croissent dans cette contrée en plus grand nombre qu'ailleurs, et y sont beaucoup plus beaux. C'est dans un genet semblable à ceux que je peins ici, que se retira M. Joly, soupçonné par les habitants de St-Laurent d'être venu dans ce bourg pour les trahir. Il était, avant de servir parmi les royalistes, chirurgien à Machecoul; accusé par Charette, de garder pour lui les prises que faisait sa division sur l'ennemi, il fut effrayé de l'air sévère de ce général et passa aux républicains, qu'il quitta bientôt, ne pouvant se résigner à marcher sous un drapeau qui avait si souvent fui devant le sien. Étant arrivé à St-Laurent un jour de fête, il fut étonné de voir les paysans aller en foule à la messe, et demanda au café où il déjeûnait comment ils osaient encore célébrer un jour de fête; à cette question on le prit pour un espion, il s'en aperçut et fut se réfugier dans un genet auprès de la Barbinière; de jeunes paysans l'y suivirent, et l'un d'eux essaya de le prendre; Joly lui dit de se retirer, il n'en fut que plus opiniâtre; ce chef irascible prit alors un des pistolets qu'il avait à sa ceinture, et lui brûla la cervelle. A ce coup funeste il fut entouré et assommé à coups de bâtons, par les camarades du jeune paysan qu'il avait tué. Un fermier qui avait servi sous lui le reconnut, et fut apprendre sa mort à ma mère qui en fut désolée. Un sort aussi désastreux me rappela celui de Delaunay, l'un des chefs de division de Charette; il ne put résister à la honte que lui fit à Nantes le général Canclaux; ce général en le voyant avec Charette, lui dit: Te voilà donc aussi devenu royaliste, toi, qui étais parmi nous le plus grand buveur de sang? Furieux d'avoir été reconnu, il quitta Nantes pour se rendre à l'endroit où Charette avait déposé ce qu'il avait de plus précieux; il s'en empara, se rendit de là à Mortagne, où il débita, au milieu du peuple assemblé à l'église, un discours très-éloquent: il peignit Charette et Sapinaud comme des traîtres, et, par une péroraison des plus touchantes, fit verser des larmes à tous ses auditeurs. Il se retira chez Stofflet qu'il parvint à irriter contre les chefs qui avaient fait la paix; mais il ne tarda pas à exciter la défiance de Bernier, et fut condamné à être fusillé. Il mourut avec un repentir sincère et une résignation touchante.

La vue des rives de la Sèvre, entrecoupées de vallons et de collines revêtues de genets et de bois, me fit dire à mon compagnon de voyage, qu'ils avaient dû souvent être exposés aux surprises de l'ennemi. « Nous savions « nous en garantir par notre vigilance, me répondit-il, « nous savions même reconnaître la position de l'ennemi « à la manière dont il tirait sur nos troupes; lorsque le « feu, dont les échos répétaient le bruit de colline en « colline, était roulant et continu, nous jugions que nos « gens étaient en fuite; si, au contraire, les coups de « fusil se tiraient par intervalle et lentement, nous étions « certains que l'ennemi fuyait devant nos troupes: nous « ne tirions pas aussi vite que les bleus, mais nous ti-

« rions à coup sûr. Au dernier combat qui se donna « près de la Croix-de-la-Mission, lorsque Charette recom- « mença les hostilités, M. de Sapinaud demanda à un « paysan pourquoi il ne tirait pas. Mon général, je ne « puis me résoudre à employer les trois balles que j'ai « dans mon fusil, tandis qu'une seule suffirait pour tuer « un républicain. »

Il est difficile de se faire une idée des maux que les garnisons faisaient éprouver aux campagnes, après le passage de la Loire. Elles avaient des chiens qu'elles envoyaient à la découverte pour surprendre les royalistes et n'en être pas surpris; cependant les mugissements des troupeaux et le cri des corneilles que la vue des bleus effrayait, avertissaient les bourgs et les villages de leur approche.

Les royalistes, sur la fin de 1794, combattirent avec plus d'avantage; mais les paysans se voyaient enlever leurs provisions par leur parti et par celui de l'ennemi: et combien grande était l'anxiété des mères et des enfants, pendant les batailles! Quel deuil douloureux en était la suite!

Le blé et la viande, sur la fin de la seconde guerre, étaient devenus si rares, que les républicains étaient contraints de chercher dans les jardins des racines pour se nourrir. Les campagnes vendéennes sont cependant fécondes en grain et en légumes; mais la principale richesse consiste dans les prairies, et les bœufs superbes qu'elles nourrissent.

Tel était notre entretien, si intéressant pour nous, lorsque nous aperçûmes auprès du Puits-St-Bonnet, un groupe de paysannes accompagnées de leurs familles. Leur mise et leur maintien nous firent présager qu'elles se rendaient au temple du Seigneur; quelques-unes un peu séparées des autres récitaient leur chapelet. Nous traversâmes le bourg du Puits-St-Bonnet, qui est à trois quarts de lieue, et nous nous trouvâmes une demi-heure après vis à vis la Tremblaie. La grande route qui passait autrefois à côté, les jardins anglais, les bois et les eaux distribués autour avec un goût exquis, en faisaient une demeure enchanteresse. MM. de la Tremblaie, amis de MM. de Larochejaquelain et de M. de Rougé, m'avaient comblé de bontés pendant mon enfance, et je satisfais à la reconnaissance en faisant mention de leur famille. L'aîné, nommé le chevalier de la Tremblaie, était chevalier de Malte; le second, le chevalier de Robin, était commandeur de cet ordre; et le plus jeune, le marquis de Mortagne, chevalier de St-Louis. Leur esprit égalait leur beauté. M. de Voltaire adressa au chevalier de la Tremblaie, qui avait été le voir, en revenant de l'Italie, les quatre vers que voici :

Ce beau lac de Genève où vous êtes venu,
Du Cocyte bientôt m'offre les rives sombres ;
Vous êtes un Orphée en ces lieux descendu
Pour venir enchanter les ombres.

On ne pouvait mieux parler et être plus aimable que le chevalier de la Tremblaie. Le plus jeune des trois frères acheta la terre de Mortagne du duc de Villeroy, et en porta le nom. Il épousa en Amérique deux jeunes créoles, à qui il survécut ainsi qu'à leurs enfants, et en hérita de huit millions; il ne devait avoir que 600 livres de rente de son patrimoine. L'oncle de Henri-le-Grand, le fameux prince de Condé, frère d'Antoine de Navarre, n'avait pas davantage. M. de Mortagne épousa ensuite Mlle de Parois; il passa avec elle à Saumur, le même jour où l'empereur d'Autriche y avait fait son entrée.

La beauté de ses équipages, la bonne tenue et l'élégance de sa suite, et surtout les charmes de madame la marquise de Mortagne, excitèrent tellement l'admiration que plusieurs jeunes gens s'écrièrent : Voici l'empereur des empereurs ! Il repassa en Amérique en 1792 ; son attachement à la monarchie arma les factieux contre lui, et lui fit perdre la vie et sa fortune. Sa sœur, Mlle de la Tremblaie, joignait à l'esprit le plus agréable, une vertu céleste et une beauté accomplie ; faite prisonnière à la déroute du Mans, Westermann lui-même en fut touché, et lui donna une recommandation par écrit, pour qu'il ne lui fût rien fait ; mais un commandant plus cruel que lui, déchira cet écrit : elle fut livrée aux assassins, et fut se réunir aux anges, dont elle était l'image sur la terre. Il n'y a plus qu'un rejeton de cette noble race, dont le nom de famille est Robin ; il est marié auprès de Paris.

C'est à quelques pas de la Tremblaie que M. Jourdain Desermitan, ancien capitaine de vaisseau, chevalier de St-Louis, et seigneur des Herbiers, fut fusillé par la garde nationale de Chollet, le mercredi des cendres 1795 ; sa femme et ses filles chéries occupèrent seules son cœur à ses derniers moments. Avant de tomber sous les coups homicides, il pria Dieu qu'il daignât en retour de son sacrifice conserver sa famille. Il me quitta après notre campagne de Quiberon pour aller retrouver ses enfants qui n'étaient plus ; il était père de cette jeune Félicité si belle et si vertueuse, et l'éternel modèle de la piété filiale ; au moment où elle vit noyer sa mère et sa sœur, victimes du monstre de la Loire inférieure, cet affreux Carrier, un jeune officier la retira des mains meurtrières, et la supplia de consentir à ce qu'il lui sauvât la vie ; elle parut d'abord l'écouter ; mais devenue libre de ses mouvements, elle se jeta dans la Loire en s'écriant : Oh ma mère! je ne serai pas séparée de toi! C'est aussi dans les champs de la Tremblaie que fut blessé mortellement le marquis de Lescure..... Le voyageur n'aperçoit plus de cette belle demeure que le pavillon où logeaient les domestiques. L'on ne peut faire un pas dans cette royale contrée sans y rencontrer des ruines ou des objets funèbres. En vain le printemps les couvre un moment de fleurs et de feuillages; le regard des êtres sensibles pénètre à travers ces voiles, et leur ame gémit sur tant de malheurs. Leurs parents, leurs amis, et jusqu'à la chaumière où ils reçurent le jour ont disparu de dessus la terre : souvent ils ne trouvent plus en ces lieux que le silence de la mort.

Pendant les trente jours que j'ai passés sur les rives de la Sèvre et au Sourdy, je n'ai entendu ni les chants des bergères, ni le son des flûtes champêtres qui faisaient le charme de ces riches campagnes aux jours de notre bonheur; il est vrai qu'on y pleurait encore la mort du duc de Berry; et il a fallu le miracle de la naissance du duc de Bordeaux pour ramener la joie et l'espérance dans la contrée fidèle.

J'eus bientôt traversé la distance qui sépare la Tremblaie de Chollet; comme c'était un jour de dimanche, je rencontrai une foule de jeunes paysannes sur le pont qui traverse la Moyne, rivière qui a son embouchure dans la Sèvre à Clisson : elles se rendaient sur la route de Mortagne qui est embellie par plusieurs maisons nouvellement bâties, et par deux rangs d'arbres couverts alors de feuillage. Toutes étaient parées avec recherche : la gaîté et le désir de plaire respiraient dans leurs regards ; et leur sourire décélait le plaisir qu'elles avaient à recevoir les hommages des jeunes gens qui les accompagnaient. Quelle différence entre ce tableau et celui qu'offre la jeunesse de nos campagnes dans les jours de fêtes ! Celle qui existe entre les habitants de Douvre et ceux de Calais n'est pas plus frappante aux yeux du voyageur.

Le valeureux la Ruine, âgé aujourd'hui de 66 ans, a un emploi aux portes de Chollet. Il était tambour-major dès le commencement de la première guerre ; il a assisté à tous les combats sans avoir été blessé.

La ville de Chollet se présente en forme de croissant autour d'une grande place où sur la droite est une très-belle promenade; sur la gauche et à une petite demi-lieue de la ville est le château de la Treille; il appartenait au marquis de Beauveau, tué au premier combat qui fut donné auprès de cette ville par les Vendéens; il y commandait la garde nationale avec un nommé Le Sueur, aubergiste à Mortagne. M. de Beauveau avait servi dans la maison du roi, et passa ensuite au service de la marine. Le prince de Beauveau désirait lui donner sa fille en mariage, et la jeune princesse l'aurait peut-être épousé sans une réponse singulière qu'il lui fit, réponse d'autant plus étonnante, qu'il avait beaucoup d'esprit. Cette princesse l'ayant prié d'aller chercher son éventail : je ne suis pas fait pour vous servir, lui répond-il; eh bien, reprit-elle, vous ne me servirez jamais. Quelques années après il épousa Mlle de Kerkadeau, dont il eut Eugène de Beauveau : il s'en sépara (m'a dit mon oncle, le chevalier Sapinaud de la Verrie, qui avait servi avec lui) pour passer dans les colonies où il épousa, après avoir produit des extraits de mort de madame de Beauveau, qui vivait encore, Mlle de Marcellan ; il naquit de ce mariage une fille qui fut reconnue par les tribunaux pour être légitime; elle se nomme aujourd'hui madame Delaunay, et refuse à M. Eugène de Beauveau le titre de frère. M. le prince de Beauveau, qui fut nommé comte, sous Bonaparte, et qui, ayant demandé au roi à sa rentrée à reprendre son premier titre, en reçut cette réponse : vous devez savoir que j'ai conservé la nouvelle noblesse; a paru se refuser à reconnaître M. Eugène. Les Vendéens pensent bien différemment, et si le procès du brave Eugène était jugé par eux, ses désirs seraient bientôt réalisés. Quel que soit le jugement que l'on porte, le souvenir de ses nobles faits d'armes et de son nom, à qui il a donné un nouveau lustre, vivront à jamais dans le cœur des Vendéens.

A un quart de lieu de Chollet je fus fort étonné de voir le château de Boisgrosleau rebâti. C'est une des plus jolies campagnes des environs de Chollet; elle appartenait à M. de Jousbert; l'aîné, le baron de Jousbert, tomba sous la hache révolutionnaire pour s'être réuni aux royalistes; le chevalier est un homme infame qui a déshonoré son nom. Lorsque M. de la Verrie prit les Herbiers, le chevalier de Jousbert se cacha dans une maison d'où il tira deux coups de pistolet sur lui et le manqua; une vendéenne prétendit qu'il valait mieux être à l'endroit qu'il visait qu'à celui qu'il n'ajustait pas; il se déroba aux recherches des royalistes. Je crois qu'il vit encore.

Le chevalier de Jousbert, et le frère du brave Beaudry, chef de division de l'armée du centre, sont, je crois, les deux seuls gentilshommes du bas Poitou qui n'aient pas marché sous la bannière des lis : jeunes ou vieux, tous les autres ont combattu pour leur roi ou dans la Vendée ou sur la terre étrangère. Plusieurs jeunes gens qui ne faisaient pas partie de la noblesse ont imité sa conduite. Leurs noms sont devenus trop célèbres pour que je les répète : la France et l'Europe les connaissent.

Nuaillier est à deux lieues du Boisgrosleau, sur la route d'Angers. Je saluai, en m'y rendant, le lieu où reposa la dépouille du jeune Henri la Rochejaquelin. Près de l'endroit où elle fut, était un pommier sauvage couvert alors de feuillage et de fruits. Mon cœur attendri rendit hommage à la mémoire de ce jeune héros, tombé au champ du trépas dans la fleur de son âge.

J'arrivai à Trémentine à sept heures du soir; je fus loger chez Bloin, ancien capitaine de la compagnie qu'on y avait formée dès le commencement de la guerre. Sa cour était remplie de jeunes paysans qui jouaient à la boule, et dans sa cuisine trinquaient ensemble deux paysans plus âgés qui avaient assisté aux plus sanglants combats, et parlaient du courage de leurs généraux. Je priai Bloin à souper avec moi; il me dit qu'il ne pourrait venir qu'au dessert. Je m'empressai dès qu'il arriva de boire avec lui à la santé de nos princes : il était fort souffrant; je lui témoignai combien j'étais fâché que sa santé ne fût pas aussi bonne que sa réputation. — Je suis infirme, me dit-il, et je suis réduit par les dépenses que mon grade m'a occasionnées (quoique j'aie dix enfants), à n'être plus que le fermier de la métairie dont j'étais le propriétaire : heureux encore s'il ne m'était pas survenu des chagrins que je n'avais pas mérités.

M. d'Autichamp m'avait bien accueilli au commencement des cent jours; on m'accusa auprès de lui d'avoir changé d'opinion, et l'on vint, pendant que j'étais dans mon lit avec la fièvre, me prendre mon fusil dont je ne m'étais jamais séparé. Je ne pus retenir mes larmes; la fièvre redoubla, et je l'aurais peut-être encore sans le retour du roi; la joie que j'en ai eue me l'a ôtée. Je le suppliai de me raconter ce qu'il savait sur les derniers jours de M. Henri; il acquiesça à ma demande, et j'écrivis sous sa dictée ce que je vais raconter : bien aise d'être le secrétaire d'un vieux soldat vendéen qui devient l'historien de son général.

« Monsieur, je passai la Loire M. avec Henri et la repassai quelques jours avant lui. Nous n'étions plus que cinq de ma compagnie, appelée la compagnie de Trémentine : cependant nous abattîmes tous les arbres de la liberté que nous rencontrâmes sur la route. Nous arrivâmes le 17 décembre au soir à Trémentine et nous fûmes obligés de nous y cacher plusieurs jours ; mais ennuyés de cette vie honteuse nous nous réunîmes à plusieurs paysans. Nous passions les nuits à parcourir les campagnes pour surprendre des postes républicains, et le jour nous demeurions dans les bois. Le hasard fit qu'ayant le soir entendu du bruit, après nous être mis en marche, nous demandâmes : qui vive ?....... Stofflet, qui nous prit pour des bleus, répondit : républicains. A ce cri tous nos fusils se dirigèrent vers lui (M. Henri était à ses côtés) ; l'un de nous heureusement reconnut sa voix, et s'écria : Que faites-vous ? c'est le général ! c'est Stofflet ! La reconnaissance se fit bientôt. Nous les conduisîmes à une métairie située auprès de Trémentine ; le métayer céda son lit à MM. Stofflet et Henri, qui couchèrent ensemble, et nous à côté d'eux. Le lendemain M. Henri fit des lettres de convocation, et deux jours après nous nous trouvâmes 700 royalistes rassemblés dans les landes de Cabourne. De ces landes nous nous rendîmes à Neuvy, où nous surprîmes 300 républicains qui étaient sur le point d'y mettre le feu. Plus de deux cents restèrent sur la place. Nous fûmes ensuite à la Gemetière où les républicains avaient livré à leur fureur jusqu'aux petits enfants dans les bras de leurs mères. Quelques jours après nous, arrivâmes par plusieurs détours devant Chemillé. Les bleus occupaient ce poste au nombre de 1500; mais M. Henri nous commandait, il était déguisé en paysan. Après qu'il nous eut avertis de nous tenir prêts, il s'avança vers le corps-de-garde et y entra en s'écriant: Voici les brigands qui tombent sur nous! A ces mots ils abandonnent leur poste et vont répandre de toutes parts le trouble et l'effroi; leur troupe à leur exemple se disperse, et ils tombent presque tous sous les coups de nos soldats; nous revînmes de là à Vezin, où nous battîmes un autre rassemblement de 400. Nous fûmes coucher dans la forêt entre Vezin et Chantelou. Le lendemain, nous traversâmes les landes de Gentile et nous vînmes passer la nuit auprès de l'étang de Pérone. Le matin nous prîmes notre direction vers Mailler; nous y apprîmes que les républicains de Chollet pillaient et tuaient tout ce qu'ils rencontraient sur leur route; quinze d'entre eux voulurent résister; deux seulement se sauvèrent; j'en tuai deux pour ma part. Pendant ce temps là M. Henri faisait éclairer : il aperçut deux fantassins en-deçà de la Haiebureau, et leur cria de se rendre. M. de Beaugé était à ses côtés; l'un des républicains fit semblant de se soumettre, et profitant du moment où MM. Henri et de Beaugé s'arrêtaient, il mit son fusil en joue, parut d'abord viser M. de Beaugé, et tout à coup le dirigeant vers M. de Larochejaquelain, il le tira et le tua roide mort. M. Stofflet ne dit point: Votre Larochejaquelain n'est pas grand'chose. M. Henri avait malheureusement échangé son cheval qui était petit, mais qui semblait voler, contre celui de M. de Beaugé qui était plus grand et équipé d'une manière plus brillante. C'est sans doute cet éclat funeste à M. Henri, qui changea le projet du fantassin qui avait paru d'abord vouloir tuer M. de Beaugé; l'équipement plus riche du cheval que montait M. Henri fit sûrement croire qu'il était le général des Vendéens, et fut cause de sa mort. Le fantassin fut mis en pièces, l'on ne put pas attraper l'autre qui se retira à Chollet.» Le capitaine Bloin croit que cette petite guerre, qui se termina à la mort de M. de Larochejaquelain, avait commencé le 4 janvier; d'après ce calcul, M. Henri de Larochejaquelain aurait péri dans le même mois que Louis XVI. La gloire et le dévouement de ce jeune héros m'autorisent à faire ce rapprochement.

Mon hôte me quitta après ce douloureux récit qui rappela à mon cœur attristé combien l'existence de l'homme est fugitive; fût-elle entourée de tout ce qui peut attirer les louanges, la mort en est toujours le terme. Le lendemain, je fus remercier mon hôte et je le quittai en formant pour lui et sa nombreuse famille, tous les vœux que le courage et la vertu réunis au malheur, peuvent inspirer à une ame sensible.

A une lieue de Trémentine, le voyageur découvre un vaste horizon, et, jusqu'à Chemillé, les vues les plus belles que l'on puisse trouver. Le Puits-de-la-Garde est un des endroits les plus élevés de ce beau paysage; c'est une abbaye de femmes trapistes qui sont des modèles de vertu. Belle-Fontaine qui est auprès du Mai, a aussi plusieurs religieux de cet ordre. Le voyage de M. Genoulde en offre un tableau fidèle. La Vendée est encore la contrée où la religion a le plus d'établissements; quand les bras du Vendéen ne sont pas employés à défendre le trône, ils sont levés vers le ciel pour en demander la conservation.

Je vis à Chemillé M. de la Sorinière. Ce royaliste estimable a combattu à l'armée des princes et dans la Vendée. Son frère, le chevalier de la Sorinière, s'est signalé dans la première guerre par une victoire sur les bleus, auprès de St-Lambert. Il est mort victime de son courage et de son dévouement, et sa mère ainsi que ses sœurs sont tombées sous le glaive des bourreaux. Les villes de Chemillé et de St-Lambert sont presque entièrement rebâties. La révolution a rendu riches les pauvres des villes, et rendu pauvres les riches des campagnes. C'est surtout auprès de la Verrie et de la Gaubretière que cette réflexion se présente sans cesse à l'esprit. MM. de Gazeau, Vendéens distingués, sont sans fortune, et madame de Rangot, jeune femme de 28 ans, pleine de graces et des vertus, ne possède que 600 fr. de rente pour son mari et ses deux enfants; je l'ai vue à la Verrie où elle habite; elle est vêtue en paysanne, et son mari cultive le sol que son père et ses deux oncles ont arrosé de leur sang. La fortune a été moins injuste envers MM. Soyer; les dons qu'ils en ont reçus sont cependant bien inférieurs à ce qu'ils ont mérité. L'autel et le trône n'ont pas de serviteurs plus dévoués, et Luçon se félicite d'avoir M. l'abbé Soyer, pour évêque. Je n'eus pas le bonheur de voir à St-Lambert celui qui est maréchal-de-camp; j'en dédommagerai mes lecteurs, en copiant ici la lettre qu'il me fit l'honneur de m'écrire après mon passage, et c'est par où je finirai cette notice; le voyage de St-Lambert à Angers ne m'ayant rien rappelé qui n'ait été rapporté dans nos annales.

« Monsieur,

« Je suis en retard avec vous, et j'en suis fâché : j'ai été extrêmement contrarié de ne pas me trouver à votre passage à St-Lambert; je suis souvent à Angers; si vous y venez, ayez la bonté de me le faire savoir, et je me ferai un vrai plaisir de vous voir. Vous voulez bien vous intéresser à ma famille et à ma santé. Pour la première, la Providence ne m'a pas oublié; j'ai trois enfants qui me donnent l'espérance du bonheur que nous commençons à goûter. Mon fils, dont je suis content, a obtenu deux accessit à la fin de l'année scholastique. Quant à ma santé, c'est un phénomène bien étonnant qu'avec deux ouvertures à la poitrine, qui servent à l'évacuation de trois ou quatre onces de pus par jour, je soutienne des exercices fatigants et un travail assez assidu, surtout après maintes sentences des gens de l'art; mais ces faibles juges que peuvent-ils quand le Dieu de nos jours en ordonne autrement?

Venons maintenant à notre sujet : ce sera avec plaisir, mais difficilement que je vous transmettrai quelques articles dont vous puissiez tirer parti. Je garderai le silence sur M. Bernier ; la prudence me l'ordonne, et plût à Dieu qu'on eût fait ainsi pour quelques officiers qu'on a traités avec trop de rigueur. M. Stofflet méritait plus d'éloges qu'on ne lui en a donné; en 1794, après notre rentrée dans la Vendée, il soutint notre pays avec un courage dont l'histoire n'offre pas d'exemple. Dans les premiers jours de mars 1794, il avait rassemblé environ 1800 hommes; avec cette poignée de braves il va attaquer le général Cordelier, campé dans les environs de Beaupreau avec cinq ou six mille hommes. Son attaque fut vive, il enfonça les premiers rangs, mais accablés par le nombre, et manquant de cartouches, les Vendéens sont mis en déroute, ils en ont peu essuyé de pareilles. Ils furent poursuivis jusqu'à Montaigu. M. de la Ville-Beaugé loin d'approuver Stofflet le blâmait hautement; le général le fit arrêter et désarmer. Cet officier ne lui a jamais pardonné.

Stofflet ne fut point découragé de sa déroute; il n'avait pas été défait, il avait conservé assez de monde pour méditer une action mémorable.

Il partit de Montaigu avec une telle célérité que les républicains perdirent ses traces; il se rendit à Cérisais, gros bourg à plus de huit lieues du pays; un corps de troupes républicaines était dans ce bourg pour garder et enlever des magasins de blé qui y étaient. Stofflet l'attaque, le bat, s'empresse de mettre les femmes en réquisition pour faire des sacs, les charrettes pour faire l'enlèvement. Plus de cent charretées de blé sont conduites par ses ordres dans la forêt de Maulevrier, où il fit construire des greniers en planches pour les loger. En moins de dix jours, une déroute, une victoire, un approvisionnement et des logements; voilà le militaire et l'administrateur, lui rend-on justice? Non. Quant au passage de St-Florent, je puis vous assurer qu'on a trompé l'auteur des mémoires sur la conduite de M. Dargone; s'il avait voulu faire fusiller les prisonniers, qui l'en eût empêché puisqu'ils lui étaient confiés? Les officiers mêmes, du moins le plus grand nombre, étaient d'avis qu'ils le fussent. On a mis en doute si c'était à M. de Bonchamp qu'était dû le salut des prisonniers, et cependant rien n'est plus vrai. Je n'étais pas alors à la réunion qui eut lieu chez M. de Lescure; ayant été appelé à celle qui se fit chez le prince de Talmont, l'on me fit dire de m'y rendre, parce que je ne voulais pas passer la Loire, ce qui avait fait croire que j'arrêtais la cavalerie. Pour éviter ce reproche, je cédai aux instances du prince de Talmont. Le passage, après avoir été ouvert par les Bretons et quelques Angevins que commandait ce prince et M. d'Autichamp, resta dans cet état. Pendant ce temps et toute la nuit, des hommes et des femmes couraient les rues de St-Florent, criant : Ne passons pas, nous somme trahis ! Dans cette incertitude tous les environs s'encombrèrent ; il y arrivait des familles entières de tous les pays insurgés, des chevaux, des charrettes chargées des effets qu'ils emportaient ; les hôpitaux avaient aussi été dirigés sur ce point. C'est en cet état déplorable, dans cette confusion sans exemple, lorsque l'air retentissait du bruit des plaintes, des reproches et de l'alarme commune, que tout-à-coup le passage s'établit. Plusieurs canons ayant été placés dans l'île devant St-Florent pour être embarqués et transportés à Varades, les soldats suivirent leurs canons ; il s'ensuivit une précipitation et un désordre si grands, que nous laissâmes aux prisonniers des obusiers, des canons, des caissons et des munitions dont ils se servirent dès le 19 au matin pour tirer sur nous qui étions sur la plage devant Varades ; c'était le 18 octobre 1793. Il est à propos de dire que les eaux étaient basses, que de St-Florent l'on passait à gué dans l'île, ayant tout au plus de l'eau jusqu'aux genoux, et de cette île on passait le lit du fleuve en bateau ; le surplus qui était inondé par le débordement des eaux, formait avec les prairies une plage immense. L'historien de la Vendée, dans une de ses éditions dit : « Bonchamp ranime ses forces et harangue ses soldats, etc. » J'avais écrit sur cet article en 1808 : « M. de Bonchamp ne s'occupa point des soins de l'armée après être arrivé à St-Florent. » L'on en a conclu que je partageais l'opinion de ceux qui ne croyaient pas que les prisonniers dussent leur salut à M. de Bonchamp, ce qui n'est pas ; l'on a tronqué ma narration ; j'ai dit, 1° que nos généraux n'avaient point la manie des harangues ; celles qu'on leur a attribuées, sont autant de phrases faites après coup ; 2° qu'en l'état de ce respectable général à la dernière extrémité, lui prêter la force de se faire entendre des Vendéens, au milieu d'un tumulte aussi bruyant que celui du 18 octobre 1793, dont St-Florent était le théâtre, est un contre-sens qui choque la raison; mais pour ce qui est de l'ordre qu'il donna de faire respecter les prisonniers, rien n'est plus vrai; je ne l'ai cependant pas entendu, je le croyais mort à cette heure; je ne me présentai pas chez lui, et d'ailleurs il ne s'arrêta pas à St-Florent, il fut porté dans l'île immédiatement: mais comment révoquer en doute le témoignage d'officiers dignes de foi, qui ont recueilli ses dernières paroles avec le plus grand respect, et les ont transmises sur-le-champ. M. d'Argone, s'il l'eût voulu, pouvait sacrifier les prisonniers avec la colonne vendéenne qui les conduisait, colonne sous ses ordres depuis Chollet; eh! combien ce corps et celui qui avait ouvert le passage de la Loire, pouvaient être utiles à la bataille de Chollet, qui, au contraire lui firent beaucoup de mal, car la canonnade de deux pièces de 18, qui ne cessaient de tirer sur Varade, faisait supposer aux soldats qui n'en étaient pas instruits, que les ennemis attaquaient la Vendée par ce côté; journée terrible et déplorable, où l'on ne cessa d'entendre sur deux points si peu éloignés, une continuation de décharge de toute l'artillerie des deux partis!

Si vous voulez, monsieur, revenir sur le trait de bravoure de Toussaint, mon métayer, de la paroisse de Beaulieu près d'ici, dont vous parlez à la Notice qui me concerne, voilà ce que j'avais eu l'honneur de vous dire (le fond est le même). Les républicains, sous les ordres du général Bardou, entrèrent à St-Lambert à la semaine sainte en 1793, et campèrent près le Bourg, sur la route de Chemillé; Toussaint Renou ne les croyait pas si avancés; il donne dans un détachement qui veut le désarmer, il se débat en demandant le général : peu-à-peu par des prodiges de sang-froid et de courage, en l'abordant il lui tire son coup de fusil au corps, et passe sa baïonnette dans le ventre de l'aide-de-camp de ce général qui était né à Beaugé. Toussaint Renou ne fut atteint que de très-loin et près d'être sauvé. Peu de Vendéens peuvent être comparés à cet homme extraordinaire par ses faits d'armes.

Nous ne sommes point de Chemillé, comme vous l'avez cru; mais cela est si peu de chose, que je pense qu'après nous avoir traités si généreusement il est peu important d'y revenir. Je vous avoue bien franchement qu'il me répugne au-delà de l'expression de parler de moi et des miens, l'écrire moi-même me choque. Je vous demande pardon, monsieur, de ma longue épître; j'ai bien prévu qu'un entretien vous aurait plus satisfait en ce que vous m'auriez indiqué les hommes, les lieux et les choses qui excitaient le plus votre curiosité. Je désire être plus heureux une autre fois; en attendant agréez l'assurance des sentiments d'estime et de respect avec lesquels je suis

Monsieur,

Votre très-humble et très-obéissant serviteur,

SOYER, aîné.

Lorsque j'achevais ces Notices, la France célébrait la naissance du jeune prince, objet de son amour. Cédant aux vœux de mon cœur, je fus un des premiers à la chanter en vers; mais j'aime mieux offrir au lecteur ceux qu'a fait paraître un Anglais, interprète des sentiments de sa nation. J'ai mis tous mes soins à les traduire fidèlement, et je me trouve heureux de finir cet ouvrage par des souhaits que la Vendée adresse sans cesse au ciel, pour un enfant dont elle eût voulu sauver le père au prix de tout son sang.

Jouis de ton bonheur, ô France,
Des rives du couchant délicieux jardin,
Séjour aimé du ciel, où, du riant Éden
Se retrace le charme et la magnificence;
Jouis de ton bonheur et benis ton destin!
Que les hymnes d'amour et de reconnaissance,
S'élèvent jusqu'au trône, où Dieu, dans sa clémence,
Daigna des fils des nations,
Entendre la prière et nourrir l'espérance,
Au sein de tant d'afflictions!
Sa touchante bonté fit du tombeau d'un père
Sortir cette naissante fleur,
Éclose d'une tige, aux Francs toujours si chère,
Et si précieuse à l'honneur.
O roi que la France révère,
Son père, son ami, réjouis-toi, Bourbon!
Puisses-tu voir, à sa douce lumière,
Fuir les complots de la rebellion,
Comme aux saisons des fleurs, l'aurore printanière
Voit à l'éclat vermeil dont brillent ses rayons,
Fuir de l'hiver les sombres tourbillons;
Et puisse enfin la paix, de ses plus heureux dons
Couronner ton règne prospère!
Tendre veuve qui deviens mère,
Console-toi; respire en ce moment:
Le calme des douleurs dont ton cœur fut la proie,
Le nom de mère et la voix d'un enfant,

Seront pour sa blessure un baume adoucissant;
Peut-être pourront-ils le rouvrir à la joie.
Ah! si celui qui fut l'espoir des lis,
Si Charle, à tes côtés, eût pu bénir son fils!
Mais le Seigneur est juste, il nous punit en père.
Charle règne au ciel triomphant,
Et se voit dans son fils renaître sur la terre.
Et toi, jeune ange tutélaire,
Toi, du ciel le plus doux présent,
Tu ne tromperas point l'attente de ta mère;
Toute la France en toi bénira son sauveur,
Et suivra sur tes pas les sentiers de l'honneur;
Vis long-temps, jeune Henri! que tes soleils propices
Soient long-temps des Français l'amour et les délices.

L'ÉMIGRÉ

Rentrant après la première Guerre.

Par Mr. SAPINAUD de BOISHUGUET, Musique de H: DEJOANNIS.

2.

De tous les dons du ciel la jeune Vierge ornée
Eut paré leur lauriers des roses d'hymenée ;
Mais à ce doux projet son coeur s'émut envain ;
A leurs nobles efforts a manqué la victoire :
Victimes de la gloire
Leur front ne ceindra point les roses de l'hymen... (Bis)

3.

Aux lieux qu'ils cherissaient viennent gémir leurs ombres ;
Des sons lents et plaintifs sur ces rivages sombres
Pour ces infortunés demandent des tombeaux :
O fleuve si souvent témoin de leur courage,
Est-ce sur ton rivage
Que sont tombés les forts, que sont morts les Héros ? (Bis)

4.

Et vous, peuple guerrier, vous qu'enflammait leur zèle,
Cherchez et retrouvez leur dépouille mortelle,
Et donnez un asile à ces morts généreux.
Là, nous verrons verdir les lauriers et les palmes ;
Et là nos coeurs plus calmes
S'ouvriront à l'espoir de les revoir aux cieux..... (Bis)

5.

Leurs cendres y seront plus mollement placées ;
Leurs mânes consolés, témoins de nos pensées,
Peut être en nous voyant, unis sous ces berceaux,
Mêler à nos regrets leurs combats, leur courage,
Souriront à l'hommage
Que nous leur adressons au dela des tombeaux..... (Bis)

6.

Des pieux Vendéens l'amour et l'espérance,
La croix, en cette enceinte asile du silence,
A leurs enfans dira : vivez, mourrez comme eux !
Et moi j'irai prier en ce lieu solitaire
A la tendre lumière
Dont luit l'astre nocturne, ami des malheureux... (Bis)

www.ingramcontent.com/pod-product-compliance
Ingram Content Group UK Ltd.
Pitfield, Milton Keynes, MK11 3LW, UK
UKHW021937200726
13855UKWH00007B/882

9 782013 043014